The
Essays
of
Elia

【英】查尔斯·兰姆 著　姜焕文 译

伊利亚随笔

四川文艺出版社

图书在版编目（CIP）数据

伊利亚随笔 /（英）查尔斯·兰姆著；姜焕文译．
-- 3 版．-- 成都：四川文艺出版社，2022.1
ISBN 978-7-5411-6132-2

Ⅰ．①伊… Ⅱ．①查… ②姜… Ⅲ．①随笔—作品集
—英国—近代 Ⅳ．① I561.64

中国版本图书馆 CIP 数据核字 (2021) 第 199659 号

YI LI YA SUI BI
伊利亚随笔

[英] 查尔斯·兰姆　著

姜焕文　译

出 品 人　张庆宁
策划组稿　李　博
编辑统筹　苟婉莹
责任编辑　苟婉莹
封面设计　古涧千溪
内文设计　史小燕
责任校对　文　雯
责任印制　桑　蓉

出版发行　四川文艺出版社（成都市槐树街 2 号）
网　　址　www.scwys.com
电　　话　028-86259287（发行部）　028-86259303（编辑部）
传　　真　028-86259306

邮购地址　成都市槐树街 2 号四川文艺出版社邮购部　610031
排　　版　四川胜翔数码印务设计有限公司
印　　刷　四川五洲彩印有限责任公司
成品尺寸　203mm×140mm　　　　开　　本　32 开
印　　张　6.5　　　　　　　　　字　　数　150 千
版　　次　2022 年月 1 第三版　　印　　次　2022 年 1 月第一次印刷
书　　号　ISBN 978-7-5411-6132-2
定　　价　36.00 元

目录

忆南海公司 1

假日牛津 11

两类人 20

除夕随想 27

谈耳朵 36

教书先生今昔 43

不全相投说意气 53

女巫及夜间惊恐谈 63

我的亲属 72

赫特福德郡麦柯利农庄 80

尊重妇女现代观 86

餐前祷告 92

梦里子女，奇想一段 101

扫烟囱的孩子赞　　　　　　　　106

光棍汉抗议已婚人的所作所为　　116

H-郡布莱克斯隰地老屋　　　　　125

穷亲戚　　　　　　　　　　　　132

舞台幻象　　　　　　　　　　　140

藏书与读书随想　　　　　　　　145

马尔盖特舟游旧事　　　　　　　154

大病初愈　　　　　　　　　　　164

神智健全真天才　　　　　　　　170

杰克逊上尉　　　　　　　　　　175

高雅文风谈　　　　　　　　　　181

婚　礼　　　　　　　　　　　　187

译者后记　　　　　　　　　　　194

忆南海公司

读者阁下，如果你路过英格兰银行——你须一直从那里领取每半年一次的红利（假如你也像我一样，做一点年保险投资，是一个干干瘪瘪，与孔方兄交情不厚的人）——你取道银行，要去花盆客栈，你预订一个马车座位，要去达尔斯顿或夏克威尔，或去北地的某地某处乡下度假地——你难道从来没有看到过在针线街和主教门毗连的地方，左面有一座看上去忧郁沉沉、气派巍巍、用砖块与石块砌成的建筑？我敢说你经常在仰羡它空阔宽敞、雄伟壮观的大门，它坦露给你看森然庄重的庭院，游廊曲折，栋梁挺拔，出入的人迹寥若晨星——一派巴克鲁萨一样的荒凉。

这里昔日是一家贸易公司——一处繁忙的逐利中心。商人在这里群集——一夜间暴富的冲动——迄今，尽管往昔的精神久已荡然无存，一些商贸形式却依旧持续。这里依旧可见气派宏伟的廊柱，扶手华丽的楼梯，办公室舒展宽敞，犹如宫廷里的官僚机关——门可罗雀，或零零散散、稀稀疏疏点缀着几个职员，还有更神圣的庭院内景和各色委员会会议厅，各处仪仗官、守门人面色凝重，让人肃然起敬——只在一些隆重的日子，董事们莅临庆典，在虫蛀斑斑的会议桌前正襟危坐（宣布某个股息失效），这些桌子用红木打造，猪皮桌面已没有了光泽，笨重的银制墨水池，已干涸很久；——橡木护壁板上悬挂着已经故去的主管和副主管们的画像、安妮女王的画像，还有来自汉诺威王朝的前两任郡主的画像；——巨型航线图被后来的地理发现证明已经过时；——落满灰尘的墨西哥地图，像梦中一样模模糊糊，还有巴拿马湾的水域深度测绘图！长长的走廊里，水桶靠墙吊挂，排成懒懒散散的行列，里面装容之物可以浇灭任何大火，但上一次除外：在所有建筑下面排列着数目繁多的地窖，昔日那里储藏着面值不一的通货，"一处见不得天日的收藏"，因为钱财可以抚慰他独居的心灵——而钱财很久以前就散尽了，或者在那次臭名昭著的骗局破灭的爆炸声中，震散到空气里了。

南海公司就是这个样子。至少四十年前我知道它的时候是这个样子——一处雄伟悲壮的遗迹！打那以后它有过什么样的改变，我没有机会核查证实。我想当然地认为时间并没有让它振作如新。没有什么风能使沉睡的水体波光粼粼，到了这种时候，一层更厚更实的甲壳又覆在它上面。陈年的分类账目和日记账目养肥了的蛀虫，已经停止了它们的大肆劫掠，但它们已经可以飞行的后代们继承着它们的事业，在单栏账页和双栏账页里镂刻着精细的回纹。层层叠叠的尘土（是秽垢的异期复孕）落在陈旧的层层叠叠的尘土上，昔日很少有谁搅动过这种宁静，除非偶尔有某根好奇的手指喜欢刨根究底，时不时想探询安妮女王时期的账目记录格式，或者出于并非圣洁的好奇心，试图揭开那场惊天动地的骗局的某些秘密。那场骗局范围之广，让我们今天的侵吞者们相形见绌，回望起来，难以置信，只会表现出钦羡，这与现代阴谋家们思量起沃克斯那宏大超人的国会爆炸计划时所表现出的望尘莫及的表情是一模一样的。

骗局过后让英灵和鬼魂安息吧！不可一世的公司的墙壁上只剩下死寂和贫穷，供人凭吊。

你坐落于骚动不安、生机亢奋的商贸中心——在投机的焦虑和狂热中间——在现代繁荣的全盛期的英格兰银行、皇家兑换所、东印度公司的包围之中，它们派头十足的面孔耀武扬威，让你自惭形秽，你是它们势穷力孤的邻居，生意被排挤出局——只有无所事事的人和思索大道的人——只有在像我这样的人的眼里，壮哉，古旧的公司！你的沉寂里魅力尚存：停滞——生意清冷——几近遁世的惰怠——这一切都让人欣喜！入夜，我怀着多么崇敬的心情徜徉于你空阔窒敞的房间里、庭院里！它们在讲述着过去：——某一位死去的会计的影子，幻觉中耳轮上夹着一支鹅管笔，从我身边掠过，生硬古板如生前一般。留存下来的各种账本和活着的各位会计，让我大犯糊涂。我不善于算账，但你这些巨大的僵死的卷册，让如今体质衰退了的职员三人合作，也别想从神圣的摆放架上把它们搬动——它们古趣盎然的花饰不落俗套，红线格子美观整齐——英镑、先令、便士，三项栏目分明，空位用零号填补，款项记载一丝不苟——卷首摘录着虔诚的布道词句，我们的笃信宗教的先民们，如果不念诵这类词句，是从来不敢打开一本商贸簿册或装货清单的——有些卷册上贵重的精制犊皮纸封皮，几乎是在让我们相信，我们到了某个一流的图书馆——这一切都是令人欣慰、富于启迪的景象。眼看着这些僵死的怪物，我该分外得意。你那笨拙的怪模怪样的削笔刀，镶着象牙刀柄（我们的祖先那里的样样用品，都比我们想象的要规格大得多）与赫库力土城挖出来的任何东西一样好用，我们今天的吸墨粉盒就有复古迹象。

我能记得的南海公司的职员们——我是在说四十年前的旧事——有着与打那以后我所打过交道的公共机构的办事人员迥然不同的做派，他们是那个地方灵秀之气的组成部分！

他们大多数（因为公司支付的工资不会产生剩余）是单身汉，一般地讲（因为他们要做的事并不是很多）是充满好奇、善于思考的人。由于前面提到过的原因，他们不赶时髦；由于背景不同，他们脾性各异；更兼他们不是从早年开始一起共事（早年共事会造成合作集体中的成员相互同化的倾向），而大多数人是到了成熟的年龄或人到中年才被招到公司工作，他们必然把各自的习惯与嗜好带入公司，可以这么说，他们是不具备在共同的团体里生存的素质的。于是他们构成了一定意义上的诺亚方舟，怪瘾怪癖之辈，修道院里的俗家弟子，大家族里的家养仆从，养起来为了炫耀而不是为了役使。然而他们是让人愉快的人，满口谈天说地——他们中的好多人十分精熟于德国长笛。

那个时候的出纳员是一个名叫埃文斯的威尔士人，他的外表带着他的乡党特有的脾气暴躁的印记，但本质上是一个明白事理，值得尊敬的人。他的发型自始至终喷洒发粉使之卷曲，那式样很像我小时候在漫画中看过的被人称为"花花公子"的角色。他是那一类时髦哥儿的最后代表了。整个一早上他闷闷不乐，像一只阉猫坐在柜台上，我想我看见的他，是用瑟瑟缩缩的手指清点他的现金（他们是这么说的），好像是在担心他周围的每个人都在玩忽职守。处于这种疑心重重的病态，他随时在想象自己也是一个玩忽职守的人，至少他被自己有可能变成这样一个人的焦虑心态所困扰。他的阴郁表情到下午两点，在安德顿的咖啡店里（他的照片至今还挂在那里，他在他的最后二十五年时间里一直光顾这个地方，所以照片是在他去世前不久应店主的要求拍摄的），一顿烤牛犊脖子肉之后，才清朗一点点，但直到夜幕送来串门喝茶的时刻，他的情绪才能达到最鲜活的境界。大家都熟悉，他的敲门声和时钟报六点的击打声同时响起，这是给许多家庭带来趣谈的永久话题，这位可爱的老光棍，一出现就让这些家庭喜悦欢快起来。接下来就是他擅长的，也值得他荣耀的时刻！他是如此叽叽喳喳、口若悬河，把松饼撒满茶桌！他对逸闻野史描述得好不详尽！说起旧伦敦与新伦敦，他滔滔不绝连他的同乡，甚至是班南特本人，也自叹弗如——旧剧场、旧教堂、败落了的街道的遗址——洛萨芒德池塘的位置——桑树园——奇普区的管道——还有源于他父亲的家族传统里的许多人物的逸闻趣事。霍加斯在他的名画《中午》里，把这些古怪的人物赋予了不朽的生命——那些后代们无愧于他们英雄的祖先，是名副其实的新教先锋，这些人从路易十四的暴怒和他的凶猛的骑兵的铁蹄之下逃亡到这个国家，在公猪巷和七日晷附近昏昏暗暗的遮蔽中，让纯洁宗教的火种存活了下来。

埃文斯属下的副手是托马斯·台姆，此人惯于微躬着身子，摆出绅士的派头，如果你在通往西敏斯特大厅的通道上遇着他，你会把他当成那个地方的一位贵族。我说他微躬着身子，意思是他把身体略略前倾，这在大人物那里肯定会被认为是习惯性地屈就于地位低于他的小人物的吁求，降下架子给予关注的结果。当他与你交谈的时候，你觉得需要费一番努力才能够得着他言谈的高度，会谈结束后，你可以悠然地将刚才那让你敬畏的气派一笑置之。他的领悟能力最是肤浅，弄不清格言谚语的深层含义；他的大脑像一张白纸，处在原始状态，一个吃奶的小孩提出的问题就有可能难倒他。还该说什么呢？他富有吗？可惜他算不得富有，托马斯·台姆非常拮据。从外表看他和他的太太都是很有身份的人。而从实质看，我担心并非所有的时间都天遂人愿。他太太衣着整齐、身体单薄，但显然娇生惯养不是她的过错。然而在她的本性里流淌着上层社会的血液，她凭借走迷宫一样的方式拉扯关系，追溯家系，我从来就没有完全搞清楚过——更谈不上现今用发布正式消息的那种确切的口吻作出解释——她把关系拉到了显赫一时但运道多舛的德文瓦特家族。这就是托马斯微躬着身子的秘密。这是一种思想——一种感受——是你们生命中光彩耀眼、特立独行的命运之星——你们这温和而幸福的一对——它能在智能的暗夜里，在处境的暗淡时期，让你们欢快起来！对你们来讲这可以取代财富，取代爵位，取代闪亮的成就：它值得这所有一切的总和。你们没有借着它欺辱过任何人，而当你们仅把它当作一层保护铠甲来披挂，同样也不会招致别人诋毁你们，这是荣耀和慰藉。

那个时候的会计约翰·蒂普完全属于另外一种性格，他既不假装血统高贵，事实上也不关血统什么干系。他认为："会计是世界上最了不起的人物，而他又是世界上最了不起的会计。"但这倒不是说约翰没有自己的嗜好，小提琴纵逝他的闲暇时光。当然了，他唱歌另辟蹊径，而非调寄奥尔菲斯的七弦里拉琴。事实上他歌声尖厉，琴声刺耳，叫人享受不得。他在针线街考究的公务套房里没有摆放什么东西，所以房间宽敞，足以让它们的主人放大他对自己的概念（我不知道目前是谁在占用着这些房屋）。每两周，音乐会的和声在他的住所响起，我们的祖先应称之为"令人倾倒的歌唱家"。这些人来自会所乐队——有合唱演员——有头号及二号大提琴手——有低音提琴手——有单簧管手——他们吃着他的冷羊肉，喝着他的潘曲酒，赞着他的音乐品位。他坐在众人中间像迈达斯国王，但坐在办公桌前，蒂普便成了截然不同的生物。办公桌前一切纯粹务虚的思想，统统被他取缔。你谈起浪漫情调他必然斥责，免谈政治，报纸被认为太高超太抽象。人类的全部职责在于开具红利支付凭单。公司账簿里记载的年度借贷收支余额对比（也许与去年余额的差额总计不超过25英镑1先令6便士），耗费他年末一月的日日夜夜。不是蒂普对他所挚爱的公司的僵死状况（城里的人们是这么说的）熟视无睹，也不是他不渴望南海公司重振旗鼓，回到初创时期那样热情激荡（昔日和今日最繁荣的公司的任何最精细的账目，他事实上都可以不分彼此地驾驭），而是就一个真正的会计而言，进账收益的差别并不重要，小小便士的四分之一和矗立在它前面的万千英镑，在他的心目中同样有价值。他是真正的演员，不论他的角色是工了还是农夫，他都会以相同的热忱表演。在蒂普看来，形式就是一切，他的生活很是注重形式，他的行动似乎就是用一把尺子来规范的，他手中的笔跟他的心一样公正，他是世界上最优秀的遗嘱执行人，因此他得接连不断地承担遗嘱执行任务，很是辛苦，这激起他的烦躁，同样也满足他的虚荣。他常会咒骂（因为蒂普骂人）贫弱微贱的孤儿们，但他维护他们的权益的坚决态度堪比把孤儿的利益托付给他保护的那些垂死的手。由于这一切，有人评说他有一种软弱（他的为数不多的敌人常常用更难听的说法）——出于对死者的尊重，请你允许我们把这软弱涂抹上一点英勇的色彩。上天当然会很乐意赋予约翰·蒂普足够的自我保护法则。有一种懦弱我们不鄙视，因为从根本上讲它不是卑劣，也不是叛变，它出卖的是它自己而不是你，它仅是一种气质，是浪漫情调和进取精神的缺位；它看到前路有凶恶的狮子当道，在设想中可能会声名不保时，它也不会像福丁布拉斯那样"为了一根稻草而大吵特吵"。蒂普一辈子从来没有坐过驿站马车的驾车座，没有依靠过阳台的栏杆，没有走过胸墙的围沿，没有过从悬崖向下张望，没有放过枪，没有参加过水上聚会，如果他能阻止你，他也不会让你去，他也没有因为利诱或威胁的缘故而抛却朋友或放弃原则的记录。

从尘封的逝者中我接下来该把谁提起？在他们那里寻常的品格都具备了不寻常的色彩。我能忘记你吗？亨利·曼，你是天资聪颖、文笔流畅的文化人，南海公司的笔杆子。早晨走进办公室，午间离开办公室（你上班是做什么的），总是要杜撰出一些带刺的怪言俏语！你的嘲弄和你的调侃目前绝迹了，或者说只存活在两册被遗忘的卷簿里，我很走运，不满三天前把它们从巴比康的一个货摊上拯救出来并感受到了你简洁、清新、机智的警句，依旧如你活着一般。在眼下这些吹毛求疵的日子里，你的妙语有一点儿过时——你的话题因应时而生的

"时髦新秀"而变得陈旧：——然而曾几何时你在《公事簿》《记事报》上关于查塔姆、谢尔本、罗金汉姆、豪、伯戈因和克林顿等人，关于叛乱纷起动荡不安的殖民地最终从大不列颠帝国分裂出去的那场战争——还有关于凯佩尔、威尔基、索布里奇、布尔、邓宁、普拉特和里奇蒙——如此这般人微言轻的政客，你所发表过的种种见解独领风骚。

风趣诙谐略逊一筹，桀骜不驯远超众人，那是精力旺盛、头脑简单的普鲁默。他的身世——算不得正统传承，读者阁下（因为他自命不凡的家族谱系和他自命不凡的血统都带有旁支庶出的嫌疑）——可以追溯到赫特福德郡的普鲁默家族。传统对他是这样传言的，某些家族特征也佐证这种看法。当然老瓦尔特·普鲁默（据人说是他的生父）在他那个时代是个浮浪子弟，他游览过意大利，是见过世面的人物，他是仍然健在的、连续数届代表本县参加国会的、人缘不错的老辉格党人的叔叔，是个单身汉叔叔，他在威尔附近有一所漂亮、古旧的宅子。瓦尔特在乔治二世时代是活跃人物，正是这位瓦尔特，由于免费邮权问题与马尔巴罗老公爵夫人一起受到下议院的传讯。也许你在约翰逊写的《凯夫传》里读到过这件事。凯夫本人则巧妙地摆脱了干系。可以肯定，普鲁默没有采取措施抵制这一流言，相反地每当它潜流暗伏、涌涌欲动的时候，他似乎显得兴奋。但除了他家庭方面的虚饰自负之外，普鲁默是一个勤勉实在的人，且他的歌唱得很豪迈。

性情温和、童趣十足、田园诗一样的M先生，普鲁默的歌声不及你的歌声甜美。当你亮起阿登密林一般的声韵向流放中的公爵唱起阿琘斯的歌儿，你的田园旋律如上天的轻语，赛过长

9

笛的悠扬奏鸣，歌声在昭告，那冬天的风也宽厚仁慈，吹得人心怀感激。你的父亲是老M先生，主教门性格倔强、冷若冰霜的教堂主管，他在混沌中播下了你这种子，就像温和高贵的春天是空虚浮躁的冬日的后裔：你的结尾是你唯一的不幸，它本该柔和恬淡，宁静安详，像天鹅一样。

需要唱出的依然很多，许多奇异古怪的形状浮起，但它们只得为我私自所有了：我已经蒙混读者过头了，要不然我能略去不提伍莱特那个奇怪的人物，那个为问案而生，花钱买官司来打的人！还有更加奇怪、无可仿效、一本正经的赫普沃思，牛顿或许是从他的严厉庄重那里推演出了万有引力定律。他削尖鹅管笔时显得那么深奥莫测，他舔湿封缄纸时是多么的小心翼翼！

然而到收尾的时候了，夜的轮子在咯咯声中向我碾来，这种一本正经的调侃叙述应该结束了。

读者阁下，如果我一直是在与你戏耍，也许，就连我当着你的面叫出的这些名字，也都是臆想编造的，并非确有其人，就像亨利·品泊尼尔和希腊的老约翰·纳普斯。

放心吧，因为与这些名姓相对应，确有真人真事在，他们的显要源于过去。

假日牛津

准备阅读这篇文章的时候，在其底部扫视一眼，好比一位小心翼翼的金石印签鉴定人，目光飞掠（那眼神看似不识读什么，其实是在辨读），他定然要先查看拐角上雕刻家的落款印章，而后才宣布，他看到的是维瓦列斯收藏的某件珍宝，还是伍莱特雕出的稀世宝贝。读者阁下，我似乎还听到你在高声嚷嚷，伊利亚是谁？

因为在我的上一篇文章里，我试图用一家早已开始衰败的旧商贸公司已经故去的旧职员们被人们半是淡忘的趣事供你消遣。毫无疑问，你在心底已经确认我本人也是他们的同行——一个皈依写字桌的伙计，一个短发齐额，按职业要求修剪发型的誊文工，一个只能通过羽毛笔管吸食营养、维持生命的可怜人，正像人们常说的有些病入膏肓的病人的样子。

就算是这样吧，我确实该承认有这样的因素，我不否认这是我的兴致，是我的幻想——在一天的早半部分，当你的文学人的大脑需要放松的时候（最好的放松方式，莫过于从事些乍眼看来似乎与你所钟爱的钻研目标最不相干的工作）——轻松花费我的时间里的若干钟点，用以思考靛青、棉花、生丝、印花的或不印花的布匹。首先……然后带着对你所希望他读的书籍与时俱增的渴望回家，且不说你所熟知的书写纸外皮、大页稿纸的废弃装封上面都可以顺便而自然地拟写上十四行、长短警句、小品文的构架提纲——因而从一定意义上讲，记账房里的那些边角料正好用以造就作家。整个早上，我这支在数字和号码的车辙之间艰难跋涉的笔管，在获得大赦之后，可以在午夜的专题论著的、由华丽辞藻铺成的地毯上，奋蹄腾跃，任由驰骋。我的笔感受得到它在接受擢升。有鉴于此，你就明白了，总体上讲，伊利亚的文学尊严，在这有失斯文的记账勾当中不受影响，倘偶遇损贬，那也无伤大体。

我在这里迫不及待、详细罗列出与公事房里的日常业务相关的品目，这并不意味着我对某些瑕疵缺陷视而不见，喜欢找碴儿的人在约瑟的袍子上也能挑出毛病。我在这里要恳请许可，请允许我从内心深处表达遗憾，现如今要取消，甚至废除那些能给人带来些许安慰的假日，那些分布在一年四季的自由闲暇——出于应对五花八门的意图和五花八门的目标的需要，使日历上红字印出的神圣日，变成了蒙难日。保罗、司提反、巴拿巴以及——

安德鲁和约翰，远古时期的驰名人物。

——我们惯于尊所有他们的纪念日为圣日，这可以追溯到我在基督教会学校时期，我记得为了纪念他们，巴斯基特旧版《祈祷书》里绘有他们的雕像。彼得被悬挂的样子叫人毛骨悚然——神圣的巴托列米在遭受耸人听闻的剥皮酷刑，这是参照斯巴诺莱蒂举世闻名的《马尔夏士》绘制的。我崇敬他们所有的人，几乎为伊斯加略盗用钱财而流泪，我们喜欢把神圣的记忆保存得不容亵渎。在我看来，我仅对义士祖德和西门联盟颇有意见，把他们的圣洁（就那么）两相叠合，才搞出一个寒碜的节日，这样的节俭与神灵的安排不相吻合。

这多假日是上天赐给学生和职员的日子——"从远处来，带光耀来。"——过去那些日子里，我事实上就是一部历书，我可以告诉你某一个圣日是在下一星期降临，或在下下个星期降临。由于周期轮回的差错，主显节可能每六年才能推到安息日一次。到了如今，我可比一个不信神灵的人强不了多少。人们切莫以为我是在责难我的世俗上司的智慧，因为这些人把民间坚守这些圣日的风潮判定为陈规陋习，迷信盲从。依我看，关于延续了如此悠久的风俗传统，是否该体体面面先征求主教大人们的意见——我是自不量力，应对着超乎自己能力的难题。我不是确定世俗权限及宗教权限的人，我是凡夫俗子伊利亚，不是塞尔顿，也不是乌舍尔大主教，尽管眼下在这学术的中心，在这庞大的波德莱图书馆的荫蔽之下，我在他们的大部头著作里浸淫已久。

我可以在这里扮一扮绅士，充一充大学生。对于像我这样一个少小时代即被剥夺了走进学问的殿堂府第、尽享美妙的学养机会的人，能在牛津或剑桥悠然自得，过上几周，比去别的任何地方都更中我意。到了每年的这个时候，大学的假日也跟我们的假日恰正吻合，在这里我可以不受打扰，乘兴漫步，幻想中自己在根据喜好，研修学位或是树立地位，我似乎得到了免试入学的优惠，要把昔日失去的机遇弥补回来。我在梦想那小教堂的钟就是为我鸣响，故而闻钟起舞。需要姿态谦恭的时候，我可以像一个减费生或校役生，当虚荣心发作，我可以趾高气扬，派头像自费上学的贵族子弟，该严肃认真的时候，我一如既往攻修文学硕士学位。实话实说，我认为我没有哪一点不像一个可敬可爱的大学人。我见过你目光暗淡的教堂执事、戴着眼镜的侍寝杂役，在我路过他们的时候，他们会行鞠躬礼或屈膝礼，非常聪明地把我误认为一个很有身份的人，我一身黑装在校园招摇，又助长了这种观念。只有到了基督教学院那虔敬浓郁的四合院，我神不他顾，撑起神学博士的架势，那才叫心满意足。

这些时间在校园信步，大多是随心所欲，基督学院的大树，玛格大仑学院的密林！人迹罕至的大厅敞开着各路门廊，引诱路人于不知不觉中踅足进去，向某一位奠基人，或是贵族，或是皇家女眷捐助人（那该是有恩于我们的人）表达敬意，他们的肖像似乎在冲着我这个曾被忽略的诵经人微笑，似乎在接纳我为信徒。接下来顺势朝食品储藏间和厨房后堂窥探一眼，所见到的一切在表明昔日曾户盈宾客；伙房是巨大的窑洞，有壁炉，有存放饮料的壁龛，有四个世纪前烤制首批馅饼的烤箱，有为乔叟烤过肉的烤钎！他的诗作里，端水传菜的最卑微的仆从，在我看来也很神圣，厨子应得擢升，一跃而成为经理人。

古迹！你是奇妙的魅力，你究竟是什么？消失遁形就是意义之所在！当你存在的时候，你还没有变作古迹，那样你就没有什么了不起，让你盲目回顾，盲目崇敬的只有被你称作更遥远的古迹；你本身则处在你自己乏味贫瘠的现代！在回顾中潜藏着什么样的秘密？或者说我们是半边脸的雅努斯神，不能以回望过去的同样的慕拜心态来放眼未来！无量的前景本来意义非凡，却被当作没有什么了不起看待！过去已经消失遁形，却被看作意义非凡！

什么是你的黑暗时代？没有疑问，那时候的太阳跟现在一样，光芒万丈，从东方升起，人类迎着朝阳奔走劳作，难道不是这样？为什么我们大凡听到提及那个时代，总会伴生一种情感，好像是一种伸手可及的暗淡染黑了万事万物的面孔，好像我们的祖先是在摸索中徘徊！

古老的牛津，你最能让我欣喜，最能给我慰藉的是你储藏着熟透了的学问，你的书架，这超越了你的所有稀世珍宝！

古老的图书馆是多么让人向往的地方！好像所有作家的所有灵魂，都把他们的劳动遗赠给这些图书家们，都在这里安息，就像睡在某处寝室，或处于生与死的中间状态。我不想翻阅、亵渎这些书页，这是作家们褶皱重重的寿衣，我怕这样做会惊扰一个灵魂的宿处。我在它们的叶簇间行走，大口吮食着学问，它们陈旧的满是蛀虫气息的装套封皮，散发出的气味，就像生长在快乐的果树园里的智慧果树首次绽盛开的鲜花，芬芳四溢。

那些年代更早的手抄本，我更不敢妄动好奇之心，以至于搅扰他们的休眠，那些不同的著述对学问造诣更高的人更有吸引力，而在我，则只能教我心神不宁、望而却步。我不是古籍发掘人。目击者三圣徒的声誉，在我看来，安详圣沽，毋庸置疑。这种探疑猎奇的事就留待波尔森和乔治·D来完成吧——顺便要说，我已经发现乔治·D在奥略尔学院的一隅，像一只飞蛾在一些发了霉的书卷上忙来忙去，在很少有人问津的誊印文献里仔细搜索。长时间专心致志，钻研不辍，他几乎也变成了一部书，站在古旧的书架旁边，也像一本书，静谧安稳。我非常想把他用俄罗斯革装订一新，再给他寻一处摆放位置，让他作一部高大的希腊文辞典，如此，才算名副其实。

D坚持不懈，光顾两大学府，可以想象，他把自己微薄的资产的绝大部分花费到两学府与克利福旅馆之间的往来旅行上——他在无意识中选定这家旅馆为寓所，恰像一只鸽子栖息于毒蛇巢上，与纠结在一起的律师、律师役从、法庭传令使、诉讼人、法律的害虫等混迹在一起，却彼此格格不入，然而他则是身处一种"宁静安详，无愧于世的平和之中"。法律的毒牙刺不中他——辩诉争讼之风从他不起眼的寒斋轻轻拂过——郡长的酷吏经过他的时候也要脱帽致意——合法的、不合法的无礼行径，一概与他无涉——没人想着要朝他施以暴虐与不公——你宁可"与一个抽象的概念为敌手"。

D对我讲，在这艰苦耕耘的若干年里，他一直致力于有关这两所大学的一切奇闻趣事的调查，他于近期发现了与剑桥大学相关的许多手抄委任状，他希望能借此澄清一些素有争议的焦点——尤其是关于那个长期争论不决的哪一家第一个缔建的问题。我担心，他投身这浩如烟海的追寻的热情，没有受到来自牛津或来自剑桥的应有的鼓励。人们熟悉的头面人物们，各学院的院长们，对这个问题比其他任何人都更加漠然——他们心满意足地吮吸着母校学养的乳汁之泉，而不问令人景仰的崇高的母亲的年岁，他们竟宁愿把那种求知之心，看作无关宏旨——无可称道之举。他们自有良田在手，而不十分在乎追寻地契证书。这许多情况，内敛一些说，我是从其他渠道得知的，因为D不是一个怨天尤人的人。

一旦遇上我的打搅，D会惊得像一头尚未驯化的牛犊子。我们俩竟然能在奥略尔学院见面，这几乎是不可能的事，岂非上苍的预先安排！这不由得不令人惊讶。然而如果他在克利福旅馆，或在法庭内殿随意踱步，我出其不意赶上前去与他搭讪，他会同样吃惊不小。除了恼人的近视（这是近期每日挑灯苦读，午夜方休的后果），D还是个最易走神的人。前些天的一个早上，他造访一位住在贝德福广场的我们的朋友M，发现友人不在家，他被引导到大厅，在那里他索要笔墨，把自己的大名和此行的目的，非常详确地记入登记簿——通常在这样的地方总有这样一个本子，用以记录访非其时，或访不走运而不遇的来客——D采用了许多方式，说到了许多言语，表达了他的遗憾，而后离去。两三个小时之后，鬼使神差，他又踱回了这一带。M家围火炉而坐的那种意象——M太太像家庭女神一样主导着这个场景，漂亮的女儿们伴其左右——这一幕又一次映现在他的幻想里，无以抗拒，因而他再一次造访（忘记了"下星期的今天前，他们肯定不会从乡下返回"这句话）。他第二次失望，像上一次一样，他索要笔墨，登记簿又一次拿过来了，就在紧挨着的上方一行，他准备第二次把自己的大名写上去（他的重印）——他第一次写上去的名字（墨迹尚未全干），从字行里瞅着他，像另一位索细亚，或者说好像一个人竟于猛然间遇到了他自己的副本——后果可想而知。D多次下决心要在将来克服类似的差错，我倒希望他不要把这样的决心下得太过严苛。

因为在乔治·D来说——对待自体神不守舍，有时候意味着（这样说话没有亵渎神灵的意思）对待上帝专心致志。正是在他个人与你狭路相逢，擦肩而过，视而不见的时候，或者被你挡住去路，而他像是受到惊吓，惶恐不安的时候。读者阁下，正当那样的时刻，他在神游他泊山，或帕纳萨斯山，要不然，他是在与柏拉图一道——或是与哈灵顿一道，设计谋划一个"永不消亡的联盟国度"，制订某项计划，来提升你的国家或你的宗族，也许又在思考一项只单独针对你本人的慈心热肠或恭敬礼让。从这种状态下恢复知觉，又见你亲自迎头而来，这足以让他惊悚异常，负疚难安。

经过在"纯粹的义马利"学堂一个阶段的刻苦学习，D开始走向生活，他在某地给一个狂热的无赖教书先生当引座员，管吃管住，每年拿8英镑酬金。在为这个人服务的这些辛辛苦苦的所有岁月里，这样可怜的报酬，他领到手的竟从来没有超过一半。他讲过一件趣谈，当穷困透过他褴褛的双膝向外张望，有些时候迫使他违背自己谦恭内敛的本性，暗示工钱拖欠太久，教书先生往往不会立即觉察，然而等用过了晚餐，当全体在校人员被召集到一起进行夜间祷告的时候，他无一例外地会发布一通批判富有阶层的说教，痛批通过敛财欲望表露出来的人心的腐败，末尾要说："仁慈的主，万般紧要，让你的仆从们远离贪婪这穷凶极恶的罪孽。有饭吃，有衣穿，就让我们就此满足吧。赐给我亚古珥的愿望。"诸如此类，这样的说教，在为数不多的听经众人那里，就像是充满审慎和简朴的基督信条，但在可怜的D那里，则等于领到了至少那一个季度的薪酬。

从那个时候开始，D一直是挣到的钱抵不过受到的苦，廉价卖力——以微薄的报酬做书商的苦力，吃力不讨好——在默默地勘校古典著作的苦役中，也在打理那些沉默不语但来不得虚假的学问的过程中，浪费自己炉火纯青的学识才华。他所打理的学问通常应归属皓首穷经的学者们的领域，这样的学者没有哗众取宠的勇气，没有待价而沽的心思。D出版过诗集，但卖不出去，因为这些诗作，诗品如人品，温文尔雅，而不特立独行，也因为他过度深潜于古代文学作品，而对诗歌的流行标准是什么缺乏了解，即便是他可以到达这种标准。因此，正如他说的那样，实质上他的诗作是怪诞之作，应时之作，对自由和春天的颂扬之作，溢于言表之作，离开朋友的房宅时信手搁在餐桌和窗台上的或是礼赞、或是奉承的不起眼之作。在他的朝圣途中，彬彬有礼地（抑或是勉为其难地）接纳他入住的宾来客往的旅馆里，都可能是他的诗作的源泉。在这个热衷于激情的年代，如果说他的诗才比时髦的无韵诗行略显逊色，那他的散文的确是举世无双的，是他自己健康自然的思想的忠实描摹，也是他轻快天真的讲话语气的生动展现。

到了任何一个地方，D都是个乐天派，而尤以这样一些地方为最。他对巴斯不十分在意，在布克斯顿，在斯卡博罗，或在哈罗盖特，他也很不以为然。对他来说，剑河和埃息斯河"美胜大马色的一切秀水"，在缪斯女神的仙山上，他快乐得志，就像欢乐山上的牧羊人，而当他与你同行，带你参观各大厅、各学院时，你会认为你在游历美丽宫时，手牵着一位解说员。

两类人

根据我所能建立起的最完美理论构架，人类这一物种由两个截然不同的族群组成：索借人和放借人。所有那些不尽合理的划分，如像哥特族、凯尔特族，如像白种人、黑种人、红种人，一概可以简化而归入这两个本源类属。地球上的所有居民帕提亚人、玛代人、以拦人，聚居在这里，自然而然就该归属这两种基本划分的一种或另一种。前者享有无穷无尽的优势，我决定称之为伟大的种族，由形体、行止和某些至高至上的本色而显得卓尔不群；后者则生来卑微，"他只配做同侪之仆了"，这类人外相带着瘦削干瘪、疑神疑鬼的神色，与另一类人心胸开放、值得信赖、慷慨大方的风格形成鲜明的对照。

想想古往今来谁人堪当最伟大的索借人：阿尔西比亚得斯、福尔斯塔夫、理查·斯梯尔爵士、近临我们又无与伦比的谢拉丹，四人相似，如出一家！

借你东西的人，举止是多么漫不经心、平静温和！多么富泰、色如玫瑰的腮下淤肉！他对上苍恩赐表现出多么美妙的信赖，像百合花一样，他不必思前虑后！他对钱财多么不屑一顾，看待钱财（尤其是你的钱和我的钱）贱如垃圾、泥沙一般。我的和你的，那些书呆子式的迂腐区分是多么恣意妄为、混淆视听！或者毋宁说是多么高贵的语言简化（超越图克），竟将这些寻常看来互相背反的概念融入"一概归我"，一个清晰易懂的代词性形容词！他与原始人团体共有一切的理念多么接近，至少实践了原则的一半！

"迫使整个世界来纳税的人"才是真正的征税人。他与我们常人中的一位之间距离之大，犹如奥古斯丁陛下与一贫如洗、怀揣只文但仍须在耶路撒冷进献供奉的犹太人之悬殊！他的搜刮竟也蒙上乐意、自愿的神态！他与你那酸腐的地方或国家征税人迥然不同——那些手握墨管的混账，从脸面上就看得出，没有受到过欢迎！他向你走来，笑容可掬，不出具收据来烦你，也不自限归还时间，每一天都是他的圣烛节或米迦勒节。他面带欢愉，温情默默地糟践着你的钱夹——钱夹把她丝质的夹叶向着那温柔的热情敞开，就像风与太阳争执相持，旅人的披风终究在太阳的暖热之下敞开那般自然！他真是从不落潮的里海，能从每个人手里慷慨索取之海。他十分乐意于赞扬他的受害者，宿命如此，抗争归于徒劳，最终陷入大网。心甘情愿放借吧！哦，受命于天，破财放借——你终无所失，舍现世之分厘，得善报之应许。切莫荒唐到使拉撒路之罪和太富士之罚集于自己一身！相反地，当你眼见那大人物亲自莅临，应中道接驾，堆笑相迎。来吧，豁出一次慷慨的牺牲！看他的神态多么轻松自在！面对高贵的敌手，莫差礼数。

上述记想由我的老友拉尔夫·比戈德先生之死而引入脑海，老友星期三晚上离开人世，其死也如其生，无多困苦。他自许是显赫的比哥德家族的后裔，时至今日，仍在当今国王治下享爵勋之贵。行为及认知之中，他堂而皇之，不辜负他所自称的家世。早年间他自己可得丰足的税贡，摆出我已经发现的由伟大的种族的人们传承下来的高贵的漠视钱财的架势，他采取几乎是立竿见影的措施将他的税贡全部滥用一空：因为让国王手持一个私人钱夹，这念头就叫他感觉龌龊，而比哥德的一切思想都是帝王之想。于是，就用卸除负担来装备自己，抛却财富这个沉重的背囊，既然财富（像歌曲唱的那样）易于使——

美德松懈，锐气降减，
而不是擢升大义，使其德行值得赞美。

像一位亚历山大大帝一样，他开始了他伟大的事业，"现在借，将来还要借"。

在他遍历岛国的胜利的进程中，据估算他让十分之一的居民为他做出过贡献，我不赞同这个估算，因为它失之夸大：然而我甚幸多次陪伴我的老友周游这座城市，我须承认我一开始就震惊于得遇许多面孔，他们尽皆声称仰慕我们，熟识我们。他有一天很是彬彬有礼地向我解释了这一现象。看来这些尽是他的进贡人，他的金库的奉养人，这多绅士，他的好友（他很乐意这样表述），他时不时地拖欠着他们的债务。债权人人多势众，好像不令他为难，相反他竟一一数计众人，引以为豪，大有考玛斯之风，似乎幸于"聚有如此壮美的牛群"。

有资源如是，不免让人好奇，他以何种方略让资库常空。他是借用一句他经常挂在嘴边的格言之力实现的，"钱过三日，腐臭必起。"因此他是趁钱新落囊中就派用场。好大一部分用于喝酒（因为他是个甩酒瓶能手），一小部分用于施舍，其余用于打水漂，实际上就是用大力气从他那里甩出扔掉，就像孩子们要抛开芒刺，或者说就好像钱携带着瘟疫，扔到池塘里、陷坑里、深穴里，神秘的地洞里；或者他把钱埋在（他永远不再寻找的地方）河边岸底（他会诙谐地讲述），一座不付利息的银行，而钱是定然要强制地离他而去的，就像夏甲的儿子，尽管非常逗人，必须送入荒野。他从来不思念钱，溪水四季流淌，会装满他的金库。当有必要获得新的货源时，第一个陌生人肯定是要为这一短缺做贡献的，因为比歌德本人的派头叫人无法拒绝。他有乐呵呵、坦荡荡的外表，目光机敏，讨人喜欢，光秃秃的前额才有一抹灰白，他让人找不出借口拒绝，他也没遇到谁借口拒绝。暂且搁下我的伟大的种族理论，我要向最不讲究理论，又不时口袋里装着几枚可以支配的硬币的朋友提一个问题：是该拒绝我以上描述的这样一位仁兄，还是该向一位可怜低贱的乞求者（你那惹人讨厌的借钱人）说不，这乞求者一脸苦相，张口嗫嚅，告诉你他不复有更高要求，因此他的预先所想和期盼如果真遭到拒绝也不会造成多大震惊，这样两个选择，哪一个更能毁损、背离读者善良的本性。

当我想到这个人，想到他炽烈的心肠，他汹涌的热情，想到他是多么高贵，多么意气用事，午夜的欢闹他是多么出众。当我把他与后来合作过的伴当作比，我极不情愿省出几枚闲置的铜板，我想自己已经落入放借者的阵营而沦为小人物。

对于像伊利亚这样把财富装在革制封皮里而不是封装在铁制保险箱里的人来说，有一帮财富转移人比我在上文述及的那位更可怕，我指的是你那些借书人，他们毁损藏本，让书架失去完整性，造成残册缺卷，有一个叫康贝巴区的人劫掠书籍，无人能及。

书架底层那处讨厌的缺口正对着你，像一颗敲落了的上犬牙——（读者阁下，你正在与我在布鲁姆斯波里，我的后间小书屋里！）——缺口两侧端立着高大的像瑞士大汉一样的书卷（像市政大厅的巨人，摆着改变了的姿势，只因空无所守），从前夹护着我最高的对开藏本《波纳温图里文存》，那是精选的大部头神学著作，昔日使它两侧的支撑者（也是神学教本，只是质量略逊——伯拉尔明和圣托马斯之作）变作侏儒，而它本身则是巨人阿斯卡巴特！那就是康贝巴区在他信奉的这样一套理论的支撑下给抽走的，我得承认这套理论与其说要受我批驳不如说更易于让我遭难，其论曰：书（例如我的《波纳温图里文存》）之为财产，其产权也，与索取者之理解、鉴赏恰成正比。如果他继续依照这套理论行事，我们的书架会有哪一个是安全的？

左手橱柜一处小小的空隙，离屋顶两层，只有失去书的人眼尖能分辨出来，从前那本是勃朗《论瓮葬》宽敞的栖身处，康公不会声称他对那部著作知道得比我多，是我把那本书介绍给他，实话实说也是我第一个（现代人中的）发现了这部作品美妙之所在。然而就是这样，我懂得了一个愚蠢的热恋者的滋味，当着对手赞美自己的心上人，而这个对手比自己手腕更高，足以诱走他的心上人——就在下面，多兹莱的一套戏剧集缺第四卷，维多利亚·科洛博娜的戏就在那一卷里，当命运女神借走了赫克托，剩下的九卷就像普莱姆不成器的儿子那样不讨人喜爱。这边站着《剖析忧郁》，神态庄重冷静。那边《垂钓能手》傍溪漫步，休闲安详如作者复生。在远处一角是套《约翰·班克尔》，只剩一册鳏居，"双目紧闭"，我为它魂牵梦萦的原配而痛。

我必须为我的朋友主持公道，如果他有时间像大海一样卷走一件宝贝，在另一个时间他会像大海一样冲刷出价值相当的宝贝。我有个这样得来的小小收藏（我朋友累次来访带来的累积），他在什么地方顺手牵羊拿到手，又在什么时间信手搁到我这里，他记不清，我也记不清。我收容这些被两度遗弃的孤儿，这些临门改宗的信众被当作真正的犹太人受到欢迎。站在新旧主人交接的廊庭，他们成为本土的、天然的信徒。似乎没有必要追寻这些后来者们的真正身世，就像没有必要追寻我的真正身世一样。我不向这些馈赐收取仓储费用，也不必自找麻烦，做销售广告卖掉它们以补贴用度，这样做会有失绅士风度。

让康公搞走一本书还是有一些价值和意义的。如果他全然不顾用餐的托盘，可以肯定，你的书他是会视为美食饱餐不怠的。然而任性无常不怀好意的K公，尽管我泪眼涟涟，祈告哀哀，求你高抬贵手，你还是夺人之爱拿走了那位素有公主风范、三重高贵的妇人马格利特·纽卡塞的《书信集》，是什么驱使着你这么干？当时你知道，并明知我也知道，阁下你是断然不会翻阅那部对开本杰作的一页的：这不是像小孩子一样，仅仅因为对抗的念头，喜欢夺走朋友爱好的东西又是什么？接下来最要命的一击！你竟随身带它到了高卢地——

那样的地方不配容纳如此精美的文章，

那文章包含一切让心灵升华的思想，

女中奇才，纯洁的思想，良善的思想，高尚的思

想。

难道你手头没有消遣的书籍，没有玩笑取乐，奇思妙想的书籍，来让你开心，就像你用你的妙语趣闻让所有伙伴开心那样？演艺界的后来人，这件事你做得好损。还有你太太，那位一小半法国血统，一多半英国血统的妇人，蒙其好意要带着纪念物以便不忘我们，难道她竟别无书籍可选而只盯上富尔克·葛雷维尔、布鲁克勋爵的作品并将其带走？这些著作，法国人、意大利、英格兰诸国的女人不曾有一位有如此天分，可解读其一二！不是有齐美尔曼的《论孤独》吗？

读者阁下，如果你凑巧家藏少量书籍，慎示诸人，或者如果你乐善好施，要借书给他人，那就放借吧。但切记借给STC这样的人，他是要还的（往往提前于约定时间）并附以高额利息，丰富的批注使书增值三倍。我有这样的实在经历。藏书中多有他的极富价值的批注——（往往在内容上，并常常在数量上堪与原作媲美）尽管算不上工笔书手——易见于我的但尼尔诗集里，老伯尔顿的著作里，托马斯·勃朗爵士的著作里，在葛雷维尔那些深奥难懂的思索里。可惜，现今流浪域外。我给你出主意，你的心扉，你的藏书均不要向STC关闭。

除夕随想

　　人人有两个生日：每年至少有两个日子让他思虑时间的流逝，因为这会影响他的有生之期。其中之一是特定的，也因此称之为自己的日子。随着传统意识被逐渐遗弃，这种隆重庆祝我们的生日的风俗几乎成为过去，或者仅留给孩子们，而孩子们对这档子事除了蛋糕和橘子外根本就不思考什么，更谈不上领悟什么。然而新年的诞生却广受关注，使国王和补鞋匠都不敢忽视。没有人会认为一月一日无关紧要，所有人都是从这一天开始确定月日，计算剩余时间，这一天，是我们的共同的亚当的诞生日。

　　所有的钟发出的所有鸣响（钟声是最能波及天堂的音乐），最为庄重、最打动人的声音乃是那鸣除旧岁的钟声。我听到它，过去十二个月里散去的所有印象无不在脑海里集中浮起，在那段留有缺憾的时间里，我的成就，我的苦难，我所做过的，被我忽略的，概不例外。我开始懂得时间的价值，堪比一个人弃世而去。时间附上了人性色彩，它不再是当代人诗兴飞逸时发出的慨叹——

　　逝去的一年的裙衣在我眼前飘然远离。

我们每个人在神志清醒的忧伤中，在摄人心魄的割舍中，才意识到旧年的离去。我确信昨夜我感觉到了，所有人同我一起感觉到了，尽管我的一些同伴激动万分，宁愿对新年的到来表达兴高采烈的欢呼而不对旧年的终结表达依依不舍的遗憾。但我不是那种人，他们——

　　　　欢迎赶来的新客，催逐离去的旧人。

　　我首先要说，我天性怯于新事物、新书、新面孔、新年，是出于心智的某种扭曲，让我面对蓝图感到困难。我几乎不去期望什么，只是乐见其他（过去）年岁的景象。我丢不开昔日的理念与结论，直面过去的失望引起的混沌，不忌讳以往经历过的挫折，在宽恕或在幻想中制服老对头。正如赌徒们声称的那样，再玩一把只为乐此不疲，嗜好游戏，为它们我曾有过巨大的代价付出。我也从未想过要颠覆我一生中那些不光彩的事件、变故，我不想改变它们就像我不想改变一部构思精巧的小说里的事件。在我看来，我宁愿为爱丽斯·温小姐迷人的秀发，更迷人的双眼所俘获而于相思的憔悴中度过生命中最黄金的七年，也不愿让如此激情跌宕的爱情历险失之交臂。我的家庭宁愿失去那份遗产，就让道雷尔老儿骗走吧，也不愿意有2000英镑银行存款，而对那个奸诈狡猾的老混蛋却全然不知。

　　某种意义上，回顾先前的那些岁月就是脆弱的表现，就是缺乏成人的老练。当我说是要省却中间这四十年，一个人就可以爱自己而不至于落得顾影自怜的笑柄，我这是不是在制造悖论？

如果我有自知之明，任何一个善于反躬自省的人——很让人伤心，我的头脑就这个样子——对自己眼下特征的敬重都会远胜于我对成年伊利亚的敬重。我知道，这家伙轻狂、虚荣、流里流气，恶名在外；又染上什么瘾……遇事反对协商，既不接受建议也不提出建议；除此之外，还是一个结结巴巴的小丑，对于他，你想怎么说就怎么说吧，无须留什么面子，你说的我都赞同，而且还会赞同更多的你愿意施加于他的种种骂名，然而对于小时候的伊利亚，已经隐入背景的"另一个我"，我必须有权利珍惜有关那位小小的主人的记忆，我要申明，不必参照四十五年间发生过的愚蠢的变换，就好像是另外一家的孩子，而不是我父母的孩子。我会因为那孩子五岁时患过牛痘以及吞服难以下咽的药品而哭鼻子，我会把他可怜的发着高烧的小脑袋放在教会慈善学校的病床的枕头上，清醒后惊奇地发现一个和蔼的身躯用母亲般温柔的目光俯视着他，那个陌生人一直在看守着昏睡的他。我知道他诚实可信，不带有丝毫虚枉——上帝会帮助你，伊利亚，你变化多大呀——你现在变得世故。我知道过去那个孩子多么诚实，多么勇敢（对一个软弱者而言），多么笃信宗教，多么善于想象，多么富有希望！我还没彻底堕落，如果我能记得的那个孩子真是我自己，而不是某个面目殊异的卫道士，代表着一个虚妄的身份给我尚未走完的路以规则，从而规约我的道德趋向！

　　我爱沉溺于这样的回顾到了让人不能理解的境地，这也许是某种病态的癖好的征兆，或者是由于另外一个原因，简言之，我没有妻室，没有学会对自己做足够的传承规划，没有自己的孩子绕膝戏耍，我只好投靠回忆，接收自己早期的思想，作为继承者和最宠爱的孩子，是这样吗？如果这些思索让你觉得是痴人说梦，读者阁下（你也许是个大忙人），如果我离经叛道让你不能认同，而你认定我只是一个异想天开的家伙，我还是想一意孤行，不怕耻笑，回到伊利亚虚幻迷云的笼罩之下。

陪伴我长大的年长者们的特性，使他们不可能让任何一样旧俗不经过神圣的传统仪式而悄然溜过，他们利用特殊的氛围保持着钟鸣除旧岁的庆典——那时候，午夜那些铿锵声尽管在周围激起的是狂热的欢呼，而于我则总是在幻觉中唤起一系列引发深思的想象。然而那时的我很少感受到这些意象意味着什么，或者认识到它们是与我息息相关的思绪。不仅是在童年，即便成了三十岁的青年，他竟从未实在地感觉到他自己总有一天会死去，他深知如果有必要他可以就以生命脆弱为话题做一场布道，但他不会把那场布道带回家给他自己，就像在炎热的六月我们不可能在想象中欣赏十二月冰天雪地的日子。然而现在我可以承认一个事实吗？我感觉这些算术太过威力无比，我开始推算我的寿命可能会有多长，开始憎恨耗费最短的时段、时刻，就像一个悭吝之徒要花去自己的每一文小钱，年岁一面在减少，一面被缩短，与此相对应，我更重视它们的阶段，很乐意用苍白无力的手指设阻于那巨型车轮的毂辐。我不满足于"像织布梭子"那样匆匆流过。那些隐喻不能让我得到宽慰，也不能让死亡的苦酒变得醇香爽口。我小心在意，以免让浪涛挟裹，轻轻松松把人类的生命冲向永远，我不甘心让生命之路总是循着无法逃脱的归宿。我钟情着绿色的大地，我爱城镇、村庄靓丽的容颜，我爱乡下这妙处难与君说的幽静，我爱大街这沁人心脾的安宁，我愿就这里扎下朝圣的棚殿。我愿定立在我所到达的年纪，我与我的朋友无须更年轻，无须更富有，无须更英俊。我不想因老去而缺失什么，或者如人们所说，像熟透的水果掉入坟墓。在我所生存的这片大地上，任何一种改变，不管是饮食还是起居都会让我困惑，让我烦乱。我的家庭诸神深深地、牢牢地扎下了根，欲要拔起，必然血流不止。他们不愿意寻找新的海岸栖身，新的生存状态让我如芒刺在背。

太阳、天空、微风、独步，暑天的假日，芳草萋萋的田地，鱼与肉的汁液多饱口福，社交往来，祝酒举杯，烛光点点，守着炉火，说地谈天，天真的虚浮，巧言妙语，讽刺反语本身——这一切难道都会与生命一道消失？

当你与一个鬼影愉快地相处，它会欢笑还是会摇摆它枯瘦干瘪的双侧？

还有你们，我彳亍夜的爱物，我的对开木书籍，拥有你们（双臂合围），拥抱你们时那种刻骨铭心的快乐，我必须割舍吗？如果在那里我需要知识，那必须通过笨拙迟钝的认知的摸索而不再是驾轻就熟的阅读过程？

我在那里可以享受友谊之乐，得到像人间这样面带微笑、朝向友谊的指引——看到熟知的面孔——看到给人以"自信的悦人的神态"？

在冬天，这无法忍受的畏惧死亡的思想——给它最温和的称谓——变本加厉地困扰包围着我。和煦暖热的八月正午，苍穹之下赤日炎炎，死亡几乎令人难以置信。那些时间，像我这样的可怜人也享受着自己的长生不老，于是我们就迅速成长，又身强力壮，勇往直前，又聪慧睿智，身材高大。一阵冷风截断我的幻想，令我退缩到原形，促我思考死亡，一切变成虚无之仆，侍奉死亡这个总体感想。冰冷、麻木、梦幻、茫然，是冷月寒光，与它影影绰绰若隐若现的面容——那是太阳冰冷的魂魄，或是福玻斯病态的妹子，像《雅歌》里受到苛责的那位营养不良的姑娘——我不是月亮之仆——我效法波斯人，膜拜太阳。

阻住我的步伐或陷我于困境的人和事，都让我想到死亡，一切局部的邪恶，如像任性放纵，都会走向那极端的像瘟疫一样的大痛苦。——我听到过一些人宣称对生命淡漠，这样的人渴盼他们生命的终结，死亡为避祸的港口，坟墓为温柔的怀抱，在那里他可以高枕酣眠。有些人在追求死亡。但我要说，清醒点吧，你这愚顽丑陋的幽魂，我讨厌你，憎恨你，诅咒你（与修士约翰一样），把你交给十二万具魔鬼，没有一刻会谅解你或宽容你，而会视你为共愤共厌的毒蛇，躲避不迭，你将受到诅骂、谴责。我根本不会改变立场而理会你，你这瘦削不堪、悲凉凄切的可怜虫，或者事实证明你更可怖，更招人猜忌。

为要对付你的恐惧而开出的解毒药剂统统像你本身一样，既冷漠无情又有辱世人。因为一个人在有生之年是永远不可能向人世间贪求同国君帝王共眠，而"死亡就能和国君帝王安卧同榻"——或者振振有词地说"死亡同样也能遇见最靓丽的容颜"。这算是什么样的满足？为了带给我欢愉，爱丽斯·温为什么就必须是鬼魂幽魄？比这一切更紧要的是，我对那些铭刻在你们寻常墓碑上的穿凿附会、言过其实的号称相知相识之辞深感厌恶，每一位死去的人都可以现身说法，用他那可憎的老生常谈，向我布道："他目前情形如此，不久后我也理应如此。"朋友，或许不似你想象的那样不久，现在我还活着，我往来自如，抵得过你们二十位，你须更加清楚你们的新年一去不返，我能存活下来，是1821年的一员。再进酒一杯——正当那变换立场的大钟刚刚以沉痛的重音为离去的1820年敲过葬礼，又以变了声调的响音，活力四射地为随之而来的一年鸣响的时候，让我们把它的声音调成歌栋先生在同样的时刻创作的歌曲，其词其曲如其人，精神饱满，热情奔放。

新　年

听，雄鸡报晓，在那边闪耀晶莹的明星，
告知我们新的一年即将来临，
且看啊，他与长夜分道，
把西边的山镀上熠熠光照。
他与双面门神一齐出现，
朝未来的一年驰目眺看，
用这样的表情似乎是要讲，
那视界里看到的不十分辉煌。
我们就这样站起，看景象伤悲，
作出的预言与我们的意愿相背，
对预言的事物心存恐惧，
带来更加烦扰的恶作剧，
更多恼恨把灵魂折腾，
比可能来临的最可怕的折磨更甚。
停下脚步！停下脚步！看来我的视野，

更清澈的光有更充裕的收摄，
清晰可见那山脊上的宁静，
万事万物似在眼前缔约运行。
门神的另一面会露出不悦，
已成过去，那令人蹙眉的灾祸，
不过朝着这个方向看得明白，
是在笑迎新的一年到来。
他也从高处俯瞰世界，
敞开的新一年映入他的视野，
敞开的每时每刻，
恰朝向观察发现者。
他用越来越灿烂的笑颜，
面对世间欢欣的巨变。
为什么我们竟然怀疑或恐惧，
生发着许多作用的一年一度，
他从第一个早晨就开始冲我们笑，
从一诞生就向我们把喜讯报？
好生烦恼！去年真是灾祸丛生，
今年必定是时来运转的实证，
或者至少该是这样，去年我们挺过荆棘，
今年我们定能继以坚强毅力，
接着来年便顺理成章，
风调雨顺，处处是吉祥。
因为最可怕的灾祸（我们日常所见），
对比最庆幸的好运降临人间，

那是难以持久，不可能年年不息，
好运也带给我们资产根基，
它的支撑作用将日久天长，
超越其他任何种类花样。
人在三年中能有一年好景，
如果依然畏畏缩缩面对天命。
而不对好景心存感激，
就不配享有运气的恩赐。
让我们欢迎新来的贵客，
美酒斟满杯，浓郁而活力四射，
欢笑该与幸运常常相遇，
即便逢灾难也能化为甜蜜。
尽管公主要转身离去，
让我们排成长列，酒杯高举，
我们将不言放弃努力不懈，
直到来年她回首入我们的行列。

　　读者阁下，你作何想？——这些诗行岂不粗具古英语的特质那种雅量悠悠的印记？岂不像热情四溢的果汁再加入高浓度的美酒，协同作用以扩充胸襟，产生热血，增添豪情？刚才或真诚表述，或故意做作的对死亡恐惧哪里去了？像云雾一样清澈，被清澈秀丽的诗文那抵挡尘埃的光芒所吸收，这是真正的赫力康神山下的神泉，你唯一的诗歌之泉，用它的汩汩清波把这许多疑病冲刷得一干二净。现在请满斟一杯，祝你们所有的人，我的主人，新年好，许许多多年，年年新年好！

谈耳朵

我没有耳朵。

切莫误会，读者阁下，也不要想象我是生来就没有那两个外悬两侧、样子完全一样的附着装饰物，就是（从建筑学角度讲）人体顶部样子很好看的螺旋状饰物。如果我真没有耳朵，那我宁愿我的母亲干脆不要生我。我想上天恩赐给我的那两个管道，实在精美雅致而非粗制滥造，就两个妙然天成、未施雕琢的复杂入口——两侧不可或缺的情报器官而言，我想我没有必要忌妒骡子的硕大，羡慕鼹鼠的灵敏。

我也没有学笛福的样子，招惹过或做过什么事以至于招惹那令人惊悚的外形毁损，使他须有赖一番保障与自信才可以对那个物件感到"不十分窘迫别扭"并自在自如。我要感谢命运星座，我从来没有被套上颈首枷具，而且如果我对命运星座解读不误，我这辈子的大限之内永远不会被套上那样的刑具。

因而当我声称我没有耳朵，你须明白，我的意思是——欣赏音乐的耳朵。我这颗心永远不会与回荡在表演大厅里甜美悠扬的乐声水乳交融，这样说等于就是愚蠢透顶的自我诽谤。《水离开了大海》一曲在我这里从来就是那么怪异，家喻户晓的《婴儿曲》也同样如此。然而这些昔日可都是由一位贵妇人一边弹奏着羽管键琴（那时流行的一种老式乐器）一边歌唱的，肯定地说，是她——最能当得起贵妇人这个称谓，最有教养、最美丽动人，我为什么犹豫不决，不报出某S夫人，这可曾经是内廷大殿红极一时的范妮·韦瑟罗尔——她的影响力能让当时衣长不得体、顽童气十足的小小伊利亚灵魂激动，让他因激情澎湃而喜形于色，哆嗦颤抖，面红耳热，这样的激情很明显表现为伊利亚后来那种富于广纳包容的性情的源泉，后来转变为他对爱丽斯·温小姐那种发自本性的压倒一切，让一切屈服顺从的爱慕之情。

我甚至认为从情感上讲我是趋向于和声，而从生理讲我却笨拙于曲调。我一辈子在练习《上帝挽救国王》一曲，凡找到偏僻角落，总要吹上口哨，哼起声调自乐一番。但有人还是给我讲，许多颤音的地方我仍旧不得要领。然而伊利亚志诚如初，永不动摇。

我在怀疑我内在的音乐潜能未得到开发。因为有天早上，我在我的朋友A的钢琴上不遵章法，随意乱弹，其时朋友在间壁客厅里忙乎，他返回后欣喜地说，他想那肯定不是女佣弹奏，触键的指法算得上轻巧缥缈，技艺精湛，他初次听闻，甚是惊异，没想到是我，他猜度那可能是珍妮。然而一阵高品质的优雅与精巧，很快就让他确定有人——也许技法欠缺，但对一切精美艺术的常用原则通晓程度更高——他拨动琴键达到了一种情趣与境界，珍妮纵然有（开发不足的）满腔热情，永远不可能弹出如此效果。我这么说是想举证我朋友的深刻，而意不在表示对珍妮的轻蔑。

精确地讲，永远不会有人能让我（而我自己也是费尽周折）理解某个音符是什么意思，或者一个音符怎么会不同于另一个音符。我区别女高音、男高音的能力则更为欠缺，只在有时候凭着刺耳苦涩的声音和烦躁不悦的情绪，我费点心思猜得出纯粹的男高音。然而我常误用我所不乐于认可的最简单的术语，对此我漫无把握，直打哆嗦。我承认我的无知，而同时几乎说不出我在什么地方无知，或许我的不快在于称谓不当，像平稳、缓慢等音乐术语对我来说相差不多，反正都是匪夷所思，含糊不清，"嗦、发、咪、唻"跟诡辩术一样幻变如魔术一般。

处在这样一个时代（我确信自从朱巴尔发明全部音键以来，这个时代超越以往任何时代，为一切悦耳优美的音调组合建成既及时快捷又富有批判精神的认知能力），要一如既往地面对一种极富魅力的艺术保持磐然自立、不为所动是很不容易的，尤其是这种艺术据说在稳定情绪、提升品位、陶冶情操诸方面收效奇特。然而与其说我是在不事掩饰、直陈缺漏，毋宁说我应坦率地向你承认从这份歇斯底里的音乐潜力那里我遭受的痛苦远远大于我获得的乐趣。

我对噪音生来敏感，一个暖热的夏日正午，木匠的榔头让我心烦，进入仲夏狂态，比疯癫尤甚，但所幸那些不相关联、韵无定调之声比起满是节奏、蓄意捉弄人的音乐算不了什么。面对那些孤立的敲击声耳朵是被动的，不负担学会的任务，只是任其抽打，情愿忍受罢了。然而面对音乐，耳朵可就不能被动了，它尽管能力缺乏还是要想方设法——至少我的耳朵是这样——游丝般穿行于迷宫，像一只未经训练的眼睛，盯着一堆象形文字苦苦分辨。我曾经听过一出意大利歌剧，到后来只因受不了难以名状的痛苦，我冲出剧场，奔向拥挤的大街上最喧闹的地方，用噪声抚慰自己，因为我不用再强迫自己循律领悟它们，不用再忍受那种无休无止，无效无益，无实无果，还得集中注意承受不许走神的折磨！我在原汁原味的日常生活的真实的万音汇聚中找到庇护之所——音乐家们恼恨的炼狱，成了我的天堂。

我曾看过一出教会音乐剧（那是对乐趣丛生的剧场的开办目的的亵渎），观察乐池中听戏人的脸色（与霍加斯开怀大笑的观众是多么反差的对比）面无表情，或者做出一种微弱的情感——直至（正如有人说我们来世的职业无非是能在现世带给我们快乐的事物的影子）让我想象自己在阴曹地府一处冰冷的剧场，那里依然保留着人世间剧场的某些形式，而"乐趣"荡然无存，或者是像这样——

客厅里众人汇聚，

人人缄其口，人人受诅咒。

首要的是那些难以忍受的协奏音乐，人们称之为曲子，实实在在祸害我的理解能力，令其怨怒。词汇描写是那么回事，但永不停歇地裸露在一系列声音的撞击之下；长时间奄奄一息仰卧于玫瑰花丛之上；通过不懈的努力，保持诱人的柔情；糖上叠蜜，蜜上叠糖，直到一种没有止境的乏味的甜；用感情填充声音，附会出各种思想，令其与声音的步调保持一致；凝视空洞的画框，强迫自己炮制出图画来；读一部缺逸遍布的书，强求补齐文字内容；即兴发明悲惨故事以应和随意上演的哑剧中含糊不清、莫名其妙的手势——这一切就是我从一连串演奏得最精湛的空虚的乐器奏鸣曲中感受到的暗淡的虚影。

我不否认在音乐会的开头我是感受过极大的宁静与惬意的，接踵而来的便是厌倦与压抑。像那本用帕特莫斯语写成的令人失望的经书，或者说像伯顿描述的忧伤乐曲，音乐就是这样暗示出她的原初方式的："独自徜徉在某处与世隔绝的树林里，小溪之侧，水木之间，思索某个令人喜悦、令人快乐且将要对他产生最重大影响的主题，并为此欣喜若狂，飘然欲仙，如此这般多愁善感地讲述这许多事是最快意不过的了。在空中修筑城堡，冲着他们自己笑逐颜开，扮演无穷无尽的角色，他们设想并坚决地想象自己在做这一切，或目睹别人在做这一切时应有尽有无与伦比的愉悦。起先这些戏要太令人喜悦，他们可以夜以继日，废寝忘食，甚至年复一年地思索这样的主题，这些异想天开的思索就像许许多多的梦境，深陷其中无法自拔，像许多钟表发条那样在紧上与松弛间反复展开又卷起，依然在愉悦着他们的情绪，直到最后情况发生突变。他们习惯了这种苦思冥想，离群索居，因而容不下伙伴，除了严酷无情让人反感的主题，他们想不起别的什么。恐惧、哀伤、怀疑、粗鄙的羞涩、不满、忧虑、厌世，忽然间让他们惊诧，他们竟想不到别的什么，持续不断地疑神疑鬼，眼睛一旦睁开，忧伤这讨厌的传染病就围攻他们，让他们的灵魂担惊受怕，头脑里再现出一片凄凉。到了这种地步，任何方法、任何努力、任何劝说都无济于事，这些人摆脱不了这传染病，他们抵御不住这传染病。"

我在许多晚上有过类似的"情况突变"经历，那是在我的信天主教的好友诺韦洛家里，他是一位技艺精湛的大风琴手，借助于一架大风琴，他把他的会客室变成了礼拜堂，把他的工作日变成了礼拜日，礼拜堂、礼拜日成了小小天堂。

朋友开始演奏那三十五年间在修道院幽暗的侧廊回荡的庄严的赞美诗，或许震动着我漫不经心的耳鼓，意欲唤醒新的感觉，向我年轻的灵魂注入对古老的宗教的理解——（抑或是一种理解，厌倦了恶徒迫害的赞美诗作者，希望自身能看到振翼而至的和平鸽；抑或是另外一种理解，运用类似的庄重严肃、忧闷凄切的音步节奏，要年轻人用可以利用的方式净化心灵。）一种神圣的宁静浸润着我的周身。我那个时候——

　　　　痴迷癫狂，凌驾于大地之上，
　　　　得以足享的赏心悦事，生来就不曾设想。

然而这一主宰魔力尚不满足于征服一个灵魂，它是在继续施展其威力，尽其所能强加更多的天堂极乐，而不是坐收信众皈依。是在迫不及待地用"天堂"之乐克服"人间"之苦。这种威力依旧汹涌澎湃，作用更加持久，新的浪潮，新生自声音的海洋，新生自取之不尽、用之不竭的德意志海洋，海顿、莫扎特的旋律载着胜利进行曲的节奏在海洋上回荡，那是海洋的精灵，像海豚一样，海神巴赫、贝多芬与这些人一道，还有难以计数的部落，共同谋划，共同作用，又一次将我抛向深渊。我不堪和声的重负而跌跌撞撞反复应对，到了技穷智尽的地步——乳香一般的云雾压抑着我——面对牧师、祭台、香炉我头晕目眩，他的护教神灵不辞辛劳将我围困——近来我的朋友如此不加掩饰，又如此天真虔笃，三重冠冕，浓荫重重，叠加头顶——他成了教皇，端坐其侧，像是置身古怪的梦魇，是一位女教皇。也像他自己一样，王冕加顶！我被改宗了，依旧是一名新教徒；即刻构成异端三立的鼎足之势，我自己是首要一足，或换句话说，三足异端集于我一身：我是马吉安、艾比雍、克林妥——传说中的巨人，什么不是呢？直到友情融融，晚餐托盘把这虚幻的冥思驱散，一小口真酿的路德啤酒（我的朋友不向杯中之物表现出顽固的宗教偏执）顷刻间用更纯洁合理的信仰将我净化，向我还原了男主人、女主人慈眉善目的面貌，令我感到真切踏实，而不森然可怖。

教书先生今昔

　　很让人遗憾，我这个人读书谈不上条理井然，遵循章法。零零散散几本陈年古董，英文旧剧本、专著，就已经奠定了我大多数的思想观念和情感范式。与科学相关的各种知识，我比世上的其他人落后一整部百科全书。就是在约翰王时代，我也不可能位列小财主、土乡绅之流。我所懂得的地理知识比不上就学仅六星期的儿童。对我而言，奥尔特尼乌斯旧版的地图跟亚罗史密斯的新版本一样翔实可靠。我不知道非洲和亚洲在什么地方接壤，不知道埃塞俄比亚位于非、亚两大洲的哪一洲，对新南威尔士或范迪门地的位置我连最影影绰绰的臆测也构想不出来。但我有一位很要好的朋友现居这两处未知地域的前者一处，我与他保持着书信往来。我不懂天文，不知道在哪里找大熊星座或北斗七星；任何星星的位置，或看得见的任何星星的名称，我一概不知。我能猜出金星是因为它闪闪发光，而如果某个不详的早晨，太阳先在西边露面，我敢确信，在我的周围世界尽皆为此忧心如焚、惊魂难定的时候，我会独自镇定自若，面无惧色，盖因纯粹好奇，且缺乏观察所致。至于历史年表，我含含糊糊，知道的一些节点，尽是在不同的学习过程中随机而遇，信手拈来，而我从来没有专心致志，坐研年表，连我自己国家的年表也漠然置之。关于四大古国，我的认识最是模糊，在想象里缥缥缈缈，有时候雅述居先，有时候波斯居先。至于埃及和它的游牧王国，我能做出的臆测则带点儿异想天开。我的朋友M先生，吃了好大苦头才让我觉得自己懂得了欧几里得第一定理，但到了第二定理，他陷入绝望，拿我毫无办法。现代语言我一窍不通，跟一个比我自己强一些的人一样，"拉丁文知之甚少，希腊文知之更少"。关于最为常见的树林、草木、花卉，其形状质地我全然陌生，这倒不是缘于我出生在城镇这种具体境况，因为即便是我生来第一眼看到的是"在德文郡枝繁叶茂的海滨"，我也会同样把不善观察的脾性禀赋一并带到这个世上来。如今有关纯属城市的物件，像工具、发动机、机械工程等我照样是一无所知。不是我在假装无知，而是我的头脑既非广厦万间，也不空阔宽敞，所以我必须填充不至于使它疼痛的珍奇罕物。有时候我在纳闷，我前一阶段是怎么蒙混过来的，知识储备如此欠缺，这么个样子，我竟未至于臭名昭著于世。但实际上一个人知识非常贫乏也可以应付自如，且很少露馅，人群混杂在一起，每个人都在随时预备着卖弄自己的学问，而不是绞尽脑汁，争取多的知识获得量。然而遇到与人当头面对，无可趋避的状态，就会真相败露了。我所最感恐惧的就是与一个洞明世事、知识渊博又不认识我的人单独在一起，哪怕只有一小时的四分之一。我最近就曾陷入过这样的一场窘境。

　　我每天要搭车从主教门去夏克威尔，有一次马车停下来让一位三十开外、相貌庄重的绅士乘车，此人（一边疾步上车）用略带权威的口吻向一个高个子后生做离开时的交代，小伙子不像是他的秘书，不像是他的儿子，也不像是他的仆从，然而又像是三者皆而有之。打发走了年轻人，我们继续驱车赶路，车上乘客就只有我俩，他自然地把谈话目标移向我。我们谈到了收费是否合理，车夫的服务是否礼貌，行车是否准时，谈到最近相反方向开通了一趟马车，以及它很可能经营成功等话题——多少年来我在这两个地点之间搭车往返是每天的常例，得益于这类很完备的常理训练，我对所有的话题都能做出很满意的应答。就在这时，他突然提出了一个让人惊奇的问题，我是否在那天早上观看了在史密斯菲尔德举行的获奖牛展出？由于我没有去看，又不是十分关注这样的展览，我只得对以冷淡的否定应答。面对我的对答他像是有点受挫，又像是有点震惊，因为（看样子）他是刚刚从那个场景回来，且毫无疑问，希望就这个话题交流感受。他明白地告诉我，我失掉了一次绝好的饱眼福的机会，因为这场展出远胜去年的那一场。我们快到诺顿·福尔盖特了，眼见一些贴了标签、陈列于商铺的货物，他又来了兴致，就本年度春季棉制品卖不上好价钱的问题大发一通议论。我那时也有点来劲，我大清早的业余爱好的性质，使我对原材料行情有一定程度的熟悉，而我自己也吃惊地发现，当谈论起印度市场的状况时我自己变得多么眉飞色舞、口若悬河。这时候他问道，我是否对伦敦的所有零售店铺的租费总值做过计算，顷刻间他把我刚刚抬头的虚荣心击碎在地。如果他问及我妖女们唱什么歌，或者阿其琉斯在妇女中间化妆藏身时用什么名字，我有可能会仿效托马斯·勃朗爵士敷衍出一个"差不多的答案"。我的旅伴看到了我的尴尬，这时候肖尔迪奇救济院恰好遥入视界，出于善解人意，也出于反应敏捷，他把交谈的话题转向公共慈善，从而引向过去和现在对穷人的供给的优劣之处的对比，其中涉及旧日的修道院的构架，也涉及慈善活动的秩序；但当他发现我脑海中只是模模糊糊留有古诗词的印象，并从联想中得到一些理念闪烁着微光，而不是特别擅长思索，把任何话题最终简化为计算的时候，他停止了谈论慈善。我们逐渐接近位于金斯兰的收费公路（他预先计划的此行的目的地），乡村风光开始越来越多地呈现在我们面前，他向我发起最后一击，提出一些与北极探险有关的问题，这是他所能选择的最不幸的切入点。我避开他的追问，吞吞吐吐说出那些（我事实上看到过的）陌生地带的有关全景，这时候马车停下，将我从更多的担忧中解救出来。我的旅伴下了车，让我得以在心安理得中享受无知；我听到他走下车时还在向车外的与他一同下车的旅客打听在达尔斯登一度疫病肆虐的混乱状况，我的朋友向他证实这场疫病已传播到了当地的五六所学校。我一闪念间想清了真实情况，我的旅伴原来是位教书先生，我们先前见面时与他别过的那位后生肯定是一位老成一点的男学生或者是引座员。显然他是个心地善良的人，他提出问题似乎不是出于发起议论的欲望，而是希望不拘形式扩大见闻。他的兴趣似乎也不在于这一类为调查而调查的质询，而在于他必然想方设法寻求知识。他穿着有点发绿的外衣，让我猜测他不会是个牧师。这一经历启发我思考过去和现在从事他这份职业的人们之间的差别。

愿那些优秀的老教书匠们，那久已灭绝的李利和林纳克尔族群的人们，在天之灵安息，这些人认为一切学问尽包罗于他们所传授的语言中，其他途径学到的一切他们一概视如敝履，浮光掠影，百无一用。他们面对自己的事业如享健身娱乐之戏，乐此不疲！从幼年到老年，他们在梦想中度过每一天，就像是在一所文法学校。在循环无限的变格、变位、句法、诗韵的圈子中绕来绕去，一遍一遍重复着他们勤奋好学的童年风采，持续不断地演练着昔日的角色，最终生活就像凡常的一天从他们身旁溜过。他们总是在他们的首个花圃里，在艳艳群芳和累累灿穗之间收获他们黄金时期的成果，他们依旧生活在阿喀迪亚乐园，尊若人君，他们手中抡动的教鞭不算十分残酷，但其威严却堪比巴细列斯国王手执的温文尔雅的权杖，希腊文、拉丁文是他们文静端庄的两位公主帕梅拉和菲洛克莉亚，偶尔不合时宜冒出某个愚鲁迟钝的初学者，那恰如莫卜莎或小丑达梅塔斯，可以作为幕间插曲，驱走倦意！

考列特编纂，或称（有时也作如是称）《保罗词法学》，其序言的文笔多么韵味非凡！"语言蕴含着智慧与知识的巨大宝库，力促世人习文法，旨在理解语言，似此则非虚荣作祟，空劳身心之举；万事万物其开端羸弱或错愕者，必以无果告终，此为人所共知者也。地面根底及基础摇摇欲坠，不足以承载构架之重，如此建筑则枉谈完美。"这字字珠玑的绪言（堪比米尔顿推崇的"索伦或里克古斯，每当率先颁布某部庄严的法律之前所使用的那些序言"），其后续一句还在声称，用维护严苛的信仰的方法维护文法规则，遵循文法规则，这般虔诚狂热，与绪言何等吻合，又是何等明晓的注解！"至于文法畸变，则由国王陛下凭智慧决断，陛下既已预见其烦琐，并能救示补救之策，且恰到好处，如此岂不十分有利！况国王陛下可指派博学广见之士尽其才智编一种文法，令其传遍天下，为先生所教，为学子所用，不因教者之变而无所适从。"接下来的句子多么津津有味，"于是学子得此一书，便可有章可循，得心应手，对他的名词、动词变位"。他的名词！

美妙的梦想正在迅速淡去，今天的老师最不关注的事就是反复灌注文法规则。

现代教书先生要对每一样知识略知一二，因为他的学生不能够对哪一种知识全然无知。如果我可以这么说，老师在表面上必须无所不知。他得懂气压动力学、化学，懂得一切令人好奇的东西，或能够激起年轻头脑注意的东西，他有必要对机械学有悟性，并要懂一点统计学、土壤质量、植物学、本国的宪法，还有其他许多。参考呈送给哈特利布先生的著名《论教育》一书，你或许可以就职业对老师的期待的某些方面有一个概念。

所有这一切——这一切或获取这一切的欲望——他都应该给学生灌注，不是经由学者编就的、可以手持账单收费的固定功课，而是经由学余间隙，他与弟子们在大街上散步的时候，或在绿地（那些天然的教员）溜达的时候。他所该做的最次要的部分是在校时间里完成的，他必须利用最有利的时机启发学生学习知识，他必须抓住每一个时机——一年的季节——一天的时刻——飘过的云朵——一抹彩虹——拉干草的马车——开过的一列士兵——向学生灌输有意义的东西。向大自然投去随机一瞥，他从中得不到什么乐趣，但他必须抓住时机把它用作教材，实施教育，他必须把美翻译成图画，他不能领略乞讨人或吉卜赛人的什么意趣，因为他必须思虑得当的改良。实用、世故的道德介质，过滤、损坏了他本性里的一切。宇宙——人称宏大巨著——实质上对他而言，对一切趋向和目标而言，是一部书，他注定要从中读出一些乏味的让学子们厌倦的说教。节假日对他也没什么意义，相反的，只是比节假日前更糟，因为通常在这些时间，总会有某个有来头的小子寄身于他，介入他的生活，某个来自显赫家庭的学生，某个被遗弃的贵族矮胖子，或中上阶层人士，他必须拖上这么个小子去看戏，去看全景画，参观巴特莱先生的太阳系仪，看望远镜和显微镜，或带他去乡下，去朋友家，或者去他最喜欢的矿泉疗养地。他走到哪里，这个令人不自在的影子就跟到哪里。一个小子跟着他吃住，跟着他走路，跟着他所有的一举一动，他让这小子缠上了，没完没了，好不恼心。

小伙子们在他们自己的圈子里，在他们的玩伴之间，不失为理想的伙计，但对于成年人他们算不上理想的伙伴。这种拘束从成人角度和从孩子角度都能感觉出来。即便一个小孩子，那个"戏耍个把小时的小玩偶"也总不例外，讨人厌烦。吵吵闹闹由着他们自己的想法玩耍——就像此刻，当我在夏克威尔郊外我整洁的隐居园里，深深陷入这多严肃的思索，听他们在我窗前的绿地上一阵又一阵地嬉戏——嘈杂声因距离而更中听——无可言喻地减轻着我的任务的劳苦。就像在听着乐曲的节奏写作，似乎是他们在调节着我的抑扬顿挫。他们至少能收到这种效果，因为在那个稚嫩的年龄的噪音中有一种诗韵，远远不似成人会话中那种刺耳的散文。我不应该掺和进他们的娱乐，干扰他们的运动，削减我自己与他们的投契。

我不会长年累月受一个能力远在我之上的人的驯化，如果我真正自知，那不是出于忌妒或自我比较的考虑，因为时常与这样的头脑交流建构我生命中的幸运与快乐——然而惯于同超乎你之上的精灵太过密切地交往，不会让你提升，反而会让你下降。过于惯常地摄入来自他人的原创思考会抑制你自己所拥有的那种本来就处于较低水平的能力。你被卷裹入别人的思想，甚至就像你在另一个人的领地上迷失自己。你是在与一个高个子仆童同行，他步伐矫健，使你显得懒散落伍。我相信，这种长期潜在的越俎代庖作用，会使我沦落到低能状态。你可从别人那里衍生你的思想，但你的思路、你的思维模式必须是你自己的。可以传承的是智能，而不是每个人的智力架构。

我不该期望总是照搬别人而得到抬升，同样不该期望（或宁愿更少期望）由于你的合作辅助，让自己受到阻碍而走低。喇叭巨大的声音让你震惊，耳畔低语，若意在挑衅，即便模糊难辨，也让你觉得备受戏弄。

面对教书先生我们为什么从来就觉得很不自在？因为我们很清楚教书先生面对我们从来就觉得很不自在。他在由自己的同类构成的社会里显得笨拙滑稽，格格不入，像格列夫从他的小人国里走来一样，他自己的领悟高度不能与你吻合，他不能与你在同一个水平相遇，像一个平庸的惠斯特牌手，他想要你给他要点，他好为人师，总想着要教你。有这样一位学究，当听到我抱怨我的这些小品文根本没什么章法条理可言，而且想让它们改观我又一筹莫展时，他便态度友好，自告奋勇，要求把年轻学子们在他的课堂上学习的英语作文的写作方法教给我。教书先生的玩笑打趣，或粗略不堪，或淡而无味，走出校门则兴致全无。在人群中，他总是被禁锢在一个一本正经和正统说教的虚伪的外壳之下，就像一个牧师被道德的虚伪外壳所禁锢。他不能向社会放纵自己的才智，就像牧师不可放纵自己的欲望。他在同龄人中孤单无助，他的晚辈也不可能成为他的盟友。

"我是该自责的。"从事这个行当的一位感觉敏锐的人在给朋友写信，讲述一个突然间从他学校辍学的年轻人的故事时是这样说的，"令侄不怎么喜欢我。然而入了我们这一行的人该得到更多的怜悯，而不该对他们给予揣摩想象。我们处在年轻人的包围之中，因此周围自然不乏关爱的热肠，然而我们永远别指望分享他们的点滴真情，先生和学生的关系禁住了这种人情。'这让你多么高兴啊，你们的感情多让我羡慕啊！'有时候当我的朋友们看到我教过的年轻人多年后返回母校，会对我这么说。学生们眼里闪烁着喜悦，同昔日的先生握手，并给我赠送野味，或给我太太送来玩具，用最热忱的言辞感谢我在他们就学期间对他们的关怀，请求为眼前就读的孩子们放一天假。房子是一道幸福的风景，只是我从心底里感到悲哀。这位情绪激昂的热心青年，幻觉中他在用感激回报他的先生在他孩童时期给予他的关爱。这位年轻人，在漫漫八年时间里，我用父亲般的期盼监护着他，但他永远不能向我投以饱含真情的一瞥来回报我。我表扬他的时候他沾沾自喜，我批评他的时候他唯唯诺诺；但他从来没有喜欢过我，他现在误认为是对我的感激和友好的情意，只不过是所有人在重游承载过他们儿时的希望与担忧的故地，且可以平等地看待他们曾惯于景仰、惯于举头仰望的人时都能产生的快乐的感觉。我的太太也不例外。"这位有趣的写信人继续说，"我从前的可爱的安娜现在做了教书先生的太太。我娶她的时候，我知道教书先生的太太定然是一个忙忙碌碌、引人注意的人物，我担心我温文尔雅的安娜填补不了我活力四射的亲爱的母亲留下的空缺。母亲那时刚刚去世，活着的时候从来就席不暇暖，似乎在同一时刻会在整幢房屋的每一个角落出现，我有时候不得不威胁她，说要把她捆绑到椅子上，免得她把自己活活累死。我表示过我的担心，我把她带入一种她不能适应的生活方式，安娜一腔柔情地爱着我，答应为了我她尽力履行新的处境中的职责。她答应了，她也兑现了她的诺言。女人有爱，有什么奇迹表现不出来呢？我的房子被料理得妥当得体，格调正派，在其他学校是前所未有的，我的学生饮食搭配合理，身体健康，起居有条不紊，实施这一切都在精打细算，却从不蜕变成小气克扣。然而我失去了温柔的安娜，好无助！一天的劳累之后，当我们坐下来享受一个小时的轻松愉快时，我就得听她讲什么是她一整天来有用的（它们实实在在有用）工作事务，什么是她在策划的明天的任务。她的心思、她的特征被她的处境中的职责所改变。在学生们看来她永远都是'先生的太太'，而她看待我总是'学生们的先生'，我们相互间要表现出爱慕与激情，甚是不当，与她和我的处境需要的那种威严不相匹配。尽管如此，这还不允许我向她暗示我的感激。为了我她屈服迁就变了一个人，我能为此而指责她吗？"我的表姐布里奇特转来此信，使大家有幸拜读，特此致谢。

不全相投说意气

> 我生性随和，襟怀开阔，与世间万事万物皆可顺应融合，不怀厌恶于人，不执偏爱于物，家国族群间诸多恩怨成见，无关于我，法国人、意大利人、西班牙人或荷兰人，我亦同等看待，举目不含偏见。
>
> ——摘自《医者的信仰》

基于抽象而不可靠的支撑依据，惯于以概念和臆测为基础，对生命类属的划分，可能性为先，现实性为次，竟然忽视人类，视其个性为无关宏旨，视其存在为微不足道，《医者的信仰》的作者是不十分值得人们尊重的。相反地人们应当疑惑，他竟在动物的范畴区分甄别人类这个物种，岂不有失尊严。就我自己而言，脱离不了地球，我的行动受制于场景——

> 立足大地，哪能为九霄云天而痴迷。

国家有差别，个人有差别，我承认我真正感受到人类的差别，竟到了不太正常的程度。我会用不同的眼光看不同的人和事。不管是什么，到了我这里，就是个喜爱或反感的问题，换句话说，或人或事，一旦淡漠无趣而无所谓好恶，便开始对它们兴致渐逝。用更通俗明了的话说，我就是一束偏见——由喜欢和不喜欢构成——是赞同、淡漠、厌恶等情绪的最真最实的奴仆。在某种意义上，我希望人们可以说，我是我这个物种的钟爱者。我可以不抱偏执，公正感受所有的人，但我不能对等地看待所有的人。可以表达赞同的更纯粹的英语词汇把我的意思解释得更明白。我可以是一个值得尊敬的人的朋友，由于别的原因，此人可能不是我的同伴伙计，我不可能不分彼此喜欢所有的人。

我平生一直在试图喜欢苏格兰人，又得不在失望中中止这种实验。他们对我喜欢不起来——事实上，我从来就不知道那个民族有哪一个人曾尝试过要喜欢我。在他们的行事方式中有更加率真、更加朴实的特征，与他们对视一眼，即可彼此相知。世间有一种自在的智能缺陷（我的智能就应归于此列），在本质构造上是反苏格兰人的。我所引证的有这类苏格兰特征的人，其思维是联想性的而不是综合性的，他们在思想上或思想的表达方式上装扮不出什么程度的清晰或准确。他们的智能储存里（坦白地承认）很少有完整统一的藏品，而只装满了片片段段、零零散散的真理。这里的真理不是代表整体风貌，充其量不过是一个部分或一个侧影。他们最终有意而为所能做到的只是暗示与闪念，就某一体系的萌芽和原始探索。也许他们能赶起一个小小的猎物，却留待窍门更多的头脑，活力更强的猎人们去追赶。照亮他们的光线不是强弱稳定、方向一致，而是往复变化，游移不定，明暗更替，难于捉摸，他们的会话也如出一辙。他们会合时宜或不合时宜地随机抛出一个词语，然后任其聊充它所能承载的意蕴。他们讲话不是总像立信设誓那样说一不二，而不论是口头表述还是书面表述，总要打一定折扣理解。他们很少等到一个思想观点臻于成熟，而甚至是在酝酿期就拿出来贩卖。一些发现，在正当渐露而尚存缺陷时，他们就很乐意公布于众，而不待其完全成熟。他们不能把什么体系化，仅仅是在试图体系化的时候把事情弄得错误更多。正如我前面说过的，他们的思维仅是联想性的。一个真正的苏格兰人的大脑（如果我没有搞错的话）是依一种迥然不同的方案构造的，他的密捏瓦生来甲胄齐全，他从不允许你看到他尚在成长的观点——如果他的观点的确是在成长，而不是依据钟表的机械原理安装在一起。你永远不能一览无余地明了他的思路，他从不暗示或启发什么，而是把他的观点完整全面地一揽子卸载下来。他把他所有的财产全都拿来入伙，并庄重地打开包装，他的财富总环绕他周围，他从不当着你的面，俯下身去捡起闪闪发光的什么东西与你分享，除非他已弄清楚这样做真正值得。他发现了什么，而你嚷着要见者分半，那是与虎谋皮，他那不是发现而是随身携带，你永远见不着他对事物的最初领会，他的理解总是处在如日中天的状态——你永远看不到晨曦初露，微光掠空。他不会因自己拿不准而讲话嗫嚅、臆想、猜测、疑虑、似懂非懂、一知半解、似是而非，朦胧的直觉、萌芽概念等在他的大脑里或词汇里是不存在的。怀疑的幽光永远不会射到他那里去。他笃信正统教义吗？他没有怀疑过。他不信神灵吗？他也没有怀疑过。在他那里肯定与否定之间没有边界地带，有他在，你不会在真理的界限问题上举棋不定，或者在可能发生的争议的迷宫里徘徊彷徨，他总会不离正道。有他在，你做事不会离题，因为他会将你矫正。他的品位从不波动，他的品格从不降低。他不会妥协，或在理解中走中庸之道，凡事只有正确与错误。他的会话就像一本书，他要肯定什么就像对神灵起誓那样圣洁，跟他讲话你必须直截了当，他像阻止来自敌国的可疑人物那样阻止隐喻。"一本健康的书"，他的一位乡党对我说，我是想把约翰·邦克尔的大作冠以健康的书。"你说的话我没听错吧？我听说人健康，听说过人处于健康状态，但我不明白那个修饰语怎么会被用于一本书，这能算用词恰当？"首要的是在苏格兰人面前，你必须慎用间接表达方式，如果上天赋性，让你擅长使用反语，这令人遗憾，请务必清除。切记你曾盟誓。我有一份根据列奥纳多·达·芬奇作品印制的优雅女像，我当着某位先生炫耀，他仔细端详过之后，我试探着问，他觉得我的美人（我的朋友们之间一种犯傻的叫法）怎么样。这时候他庄重而明确地告诉我，他非常敬重我的性格与我的天赋（他很高兴这么说），但对我的个人意图的趋向他思虑不多，不好把握。这种误解让我惊讶，但他似乎不十分窘迫。这个民族的人们尤其喜欢确认一个事实，没人表示怀疑。与其说他们是在确认，毋宁更恰当地说他们是在宣告。他们似乎真的对真实性情有独钟（就好像是美德，其自身就弥足珍贵），不论阐述真实的命题是新是旧，是经历了质疑还是不可能成为受质疑的主题，一切真实都同等宝贵。不久前我参加了一个北不列颠的聚会，人们在那里等候彭斯的一个儿子到场，我冷不丁冒出了一句犯傻的表述（是南不列颠的路子），我多希望人们等候的不是儿子而是父亲，这时候他们中有四人即刻起身告诉我："那不可能了，因为彭斯已去世。"

看来一个不切实际的愿望就让他们的想象跟不上趟子，斯威福特描摹过他们性格的这一面，即他们钟情真实的一面，其描摹不无批判，但仍在一定的限度之内，而无肆无忌惮之虞。这些人呆板乏味，自然惹人生厌，不知他们之间是否相互厌倦。我在早年狂热地喜欢彭斯的诗歌，有时候为了让自己与他的同乡人贴近，我傻里傻气地向他们说出我的喜好。然而我总是发现，真正的苏格兰人憎恨你瞧不起他的同胞，但更憎恨你推崇他的同胞。你瞧不起他的同胞，他会归因于"你对他所使用的许多词语知之不详"，同样还是因为他所使用的许多词语，在你那里可能成为一个前提，据以想象你是推崇他的。汤姆森他们看似已淡忘了，由于最初介绍苏格兰人认识我们的都市时，是斯摩莱特描绘过罗里及其伙伴，所以斯摩莱特，他们是既没有淡忘也没有宽恕。如称其为伟大的天才的顶峰之作，他们会拿出休谟的历史著作与斯摩莱特的续著作对比来反击你，如果这位历史学家续写的是汉弗莱·克林克尔又将如何？

从抽象理念上，我对犹太人不怀不敬，他们是一处无可变更的古迹，与他们相比，巨石阵显得微不足道，追溯年代，他们比金字塔还要古老。然而同那个民族的任何人，我不想养成与之随意交往的习惯，我承认我无意于走进他们的会堂，古旧的偏见不离左右，我放不下林肯市的休的故事。多少世纪来，在我们的先人和先人之间一边是伤害、蔑视、仇恨，另一边是隐蔽的报复、欺骗、仇恨，这必定且必然影响到他们的后代的血，我不相信这血还能流动得清澈友善起来，或者说几个好听的词语诸如率真、自由、19世纪的曙光，就能够弥合这势若水火的分裂造成的鸿沟。希伯来人方方面面与我格格不入，他矢志不移于交易，因为商业精神抹平一切差别，就像所有的靓丽美颜偎身于黑暗之中。我大胆承认我不看好犹太教徒与基督徒相互垂青示好，虽然这已经很是时髦起来。在我看来，他们之间相互修善通好，有虚伪和做作的成分，我不愿看到教堂和会堂以别扭的身姿、作态的礼节表示亲密、友好。如果他们改宗了，为什么不一并到我们这边来？分离的核心意义已然离去，为什么还要保持一种隔离状态？如果他们可以同我们坐上同一张餐桌，为什么要对我们的烹饪术感到恶心？我不理解这些半改宗的信众，犹太教基督化——基督教犹太化——让我感到匪夷所思，或鱼、或肉我喜欢彼此分明。温温和和一个清醒的犹太教徒比癫癫狂狂一个醉酒的教友会信徒更加反常，更令人困惑，犹太会堂精神本质上讲是分离的精神，B先生如果能按他前辈的信仰行事，他便会更加始终如一，他的脸上透着不易觉察的轻蔑，其本质是冲着基督教徒们的。他骨子里的希伯来精神强盛如故，尽管他最近改变了信仰，他自己也是压制不住他的犹太民族性的。当他高唱"以色列人的子孙穿过了红海！"这种民族性爆发得多么充分！那个时刻在他眼里，听众就像埃及人，他以得胜者的派头骑上我们的脖子。对他的感觉不会有错，B先生的表情里有这毫不含糊的意蕴，并在他的歌唱里得到证实，他的出色的嗓音的底基正在于意蕴，他所唱出的是理解，就像肯布尔表演出的对白。他歌唱摩西十戒，并给诸条戒规赋予恰如其分的个性。总体上讲他们的民族不具有让人永远可以感知的很多表情，他们怎么会有呢？然而你很少见到他们之间有犯傻的言谈。利益，和对利益的追逐让人的外表敏锐起来，我从未听说过他们之间有弱智出生——有些人赞赏犹太女性的骨相，我赞赏它——但哆哆嗦嗦。土师们就长着一双双深不可测的黝黑的眼睛。

在黑人的表情里，你的惯常所遇总是典型的、毫不含糊的友善，面对这样的面庞——或宁肯称之为面具——温和轻柔的同情之心油然而生，大街上或是马路上，这样的面庞总将和蔼的目光投向邂逅的路人，我喜欢富勒那美妙的称谓——这些"用黑檀木雕成的上帝的身影"，但我就是不愿意结交他们，不愿意与他们共同进餐，共道晚安，因为他们是黑皮肤。

我喜欢教友会的风尚和教友会的敬神方式，我尊重教友会的准则，在路上遇到他们中的任何一位，我这一天剩下的时间里都会受益。当发生了什么事，让我难以平静或心绪烦乱，看到教友会信徒或听到他平静的声音，就像一部通风设备，让空气清爽，移走我心头的重负，然而我喜欢他们（如苔丝狄蒙娜所言）未达到"同他们一起生活"的程度。我完全彻底世故化了——要有幽默、幻想，时时渴求人家的认同。我必须有书籍、图画、剧场、杂谈、丑闻、玩笑、费解的事，上千件小玩意儿，对这一切，他们的简单情趣是用不着的，在他们简朴原始的宴会上我怕是要饿肚子的，我的胃口要求太高受不了夏娃（据伊芙琳讲）为天使配置的菜肴，我的乐趣太过冲动——

不可能与但以理步调合拍，同席为客。

人们经常发现教友会信众对大家向他们提出的问题不直截了当作答，我认为这一现象不应该拿一种通俗的假设来解释，说他们与其他人群相比善找借口，惯于推托，多用模棱两可的伎俩。他们本来用词更比别人精细，表态更比别人谨慎，他们有动这个脑子的特殊性格，他们的行事方式立足于真实。教友会信徒在法律上享有誓言豁免权，在极端情况下借助誓言这种习俗，尽管被当作古老的宗教传统加以神圣化，其实易于（应当承认）给那种不精确的头脑引进两种真理的思想理念——其一种适用于涉及公正的庄重事务，另一种适用于日常交往的普通过程。正如由誓言捆绑到良智的真理仅限于真理，与此类似，通常确认商铺和市场也该有一个自由度，以便对需要这种庄重盟约的问题作出一定的退让，逊于真理亦合乎情理。通常会听到一个人说："你不是要我像发布誓词那样讲话吧？"于是乎大量不甚准确、漫不经心、有误差之虞的内容，于不知不觉中潜入寻常会话，人们容忍了一种次生真理或曰俗人真理，而牧师真理——誓约真理，由于情景的性质就变得失去必要。教友会信徒浑然不觉这个差别，在最为神圣的时刻他的简单确认获准接受，而不做进一步检验，致使他在生活中最无关紧要的话题中即将使用的词语被赋予价值，很自然地看待这些词语更为严肃。他的话语之外你得不到什么，他清楚如果一个随意的表述被发现出错，他至少该自己收回他所享有的豁免权以免招致不满，他清楚他的音节是掂量过的——这种针对一个人的特殊的戒备心理会产生多久远的影响，从而导致不直截了当的种种对答，以诚实的手段岔开问题可能就有道理了，而在这样的时刻这样做就不仅仅作为合乎场景之例而被引证，而且更应作为合乎圣意之例而被引证。这可敬的思想表现，其名声闻达于教友会信众中可能发生的一切故事里，它可以追溯到这种强制的自我戒备心态——如果说它不像是古老的宗教既卑微又世俗的旧传统的一个忠实的幼枝，这种忠实在原始的友人中从不弯曲或退缩，从不因迫害风靡而退让，也不因审讯和在折磨人的对质的压力下粗暴地审判或指控而退让。"如果我坐在这里回答你的问题直至午夜，你断无可能表现得比我聪敏。"一位一直在处理扑朔迷离、情节微妙的案件的真正的法官这样对佩恩说。"那要看应对的答语而定。"这位教友会信徒反驳道。这种人令人惊叹的沉着，有时候可用一些滑稽轻快的事例说明——有一次我同三位男性教友会信徒搭乘驿站马车旅行，他们的衣扣的风格最明确不过，属于他们那一派的新教徒。我们在安多弗停车小憩，其时在我们面前摆上了餐具，一部分为茶具，一部分为晚饭用具，我的三位旅伴只就着茶桌用茶，我按自己的习惯用了晚饭，当女房东拿来账单，我的旅伴中那位最年长的发现她是按茶和晚餐两项收费的，这遭到拒绝，女主人闹闹嚷嚷执意坚持，教友会信徒们据理力争，发生了不太激烈的争执，而这位盛气十足、头脑冲动的女士看来根本听不进去。保安进来了，甩出他常用的不置可否的逐客令，教友会信徒掏出钱，一本正经地交了出去——一顿太过昂贵的茶钱——我照着他们的样子，规规矩矩地交出我的钱去支付我的晚餐费。女主人对其所索毫不松口，因此和我一样，他们三位不声不响留下银子，走出屋子，最年长的、样子最庄重的那位走在前面，我紧随他们之后，我想我最好能够效法这样的举止庄重、行为得当的人们。我们上了车，收起了上车步梯，马车驶离。女主人的嘟哝声算不上十分清晰，也算不上十分模糊，过了一阵子就听不见了——我的知觉在因那怪异的一幕给迟滞了一阵之后开始颤动起来，我在等待，希望这些严肃的人们就他们的看似冤枉的行径做一些辩解，让我吃惊的是关于这一话题他们只字未提，他们就像出席会议一样不声不响地干坐着。最终，那位最年长者打破沉寂，问询紧挨着他坐的那一位："你听说过吗，眼下靛蓝在印度公司的售价如何？"这个问题好像一剂催眠药物，作用于我的道德感，直至我到达埃克塞特。

女巫及夜间惊恐谈

　　我们的祖先笃信巫术，但他们的笃信方式和内容前后矛盾，莫衷一是（在我们看来是这样），如果我们据此认为，祖先们总体上讲是愚昧无知的，这样的结论未免失之轻率。我们发现，当他们要在这个可见世界里甄别某个历史倒错现象时，他们逻辑严密，敏锐机警，不亚于我们。但当一旦那个不可见的世界的大门开启，专事作恶的鬼魅在那里进行无章程、无规矩的恶作剧的时候，先祖们会有什么样的标准来衡量其中的可能性、准确性、合理性或协和性——借以区分可能发生的事和明摆着的荒谬可笑的事，以便作为指导他们拒绝或是接受具体事变的依据呢？年轻姑娘们日渐憔悴，暗自毁损，好像她们是蜡铸胴体，在火焰炙烤下消融——庄稼倒伏，牛蹄群疫——旋风残暴肆虐，把森林里的栎树连根拔起——外界风平浪静，但某家乡下人的厨房里，刀叉铲壶，莫名其妙，如顽童乱舞，叮当作响，让人恐怖——所有这一切，在不存在什么因果法则的情况下，无一例外，均有可能。黑暗势力的魁首撒旦，会绕过地球上的精英人士和达官显贵，把容易上当受骗的可怜的老人围困起来，这是他的歹毒所在——这既谈不上有可能让我们预先得知，也谈不上不可能预先告知我们，我们无从猜度撒旦的策略或标准，据以估算那些老弱的灵魂，在魔鬼的市场里遭受玷污到了什么程度。当人们明确地用山羊来象征邪恶的时候，也没有必要过多地思量，撒旦会有时候借托羊身临世，以便替这个比喻提供实证之例。两个世界之间的交流渠道是完全畅通的，这个说法可能就是错误所在。然而，一旦是这样认定，我们便没有理由因为得到验证，就相信这个世界里的故事，而仅仅因为荒诞，就对另一个世界里的故事不以为然。不存在什么规则可以用于评判不讲规则的世界，也不存在什么标准可以用于批评一个梦幻。

有时候我在想，我这个人不适于在公认的有巫术存在的时代生活，也不适于在大家都觉得有夜鬼出没的村落里睡觉。我们的祖先或者比我们大胆，或者比我们迟钝。人们普遍认为，这些可恶的女巫之流，总是与邪恶的所有始作俑者为伍，他们口吐咒符，念念有词，以控制鬼魂。似乎没有哪位治安官会心存顾虑，不忍缉察他们，或有哪位愚钝的普通巡警，会为他们提供保障，就好像他们应该为撒旦出庭做证那么不可想象！普罗斯佩罗蒙难了，他的书籍和他的魔杖就在他身边，他坐在船里，任由他的敌人掳去一方未知的岛国。我们想，他在一路上可能也会掀起过一两次风暴。在大势所趋的境遇之下，他的这种默默的顺从，与人们不排斥女巫的现象，可谓是很吻合的类比。是什么阻止了斯宾塞作品中的鬼怪把居永撕成碎片，或者说谁人为鬼怪的猎物创设了条件，致使居永面对耀眼的诱饵铤而走险？我没法猜测，我不了解那个国度的规则。

从童年起，我对女巫和魔法的故事就极为好奇。我的女佣和我的满脑子是传奇故事的姑妈，给我讲了大量的这类故事，但我还是想提一提最初将我的好奇心引向这个道上的那件事故。在我父亲的书柜里，斯塔克豪斯的著述《圣经的历史》，占据着显要的位置。这部书里有大量的插图——尤其有一张方舟图和另一张所罗门大殿图，其描绘精确逼真如是，好似画家亲临过现场，目睹过实物——这些图画吸引住了我稚气的注意。这中间也有一幅插图，画的是巫婆高举着撒母耳，我是多么希望我从来就没有见过这幅画，后面我们还要谈到它。斯塔克豪斯的巨著共两大卷，那么庞大的对开本，摆放在书架的顶层位置，从那个地方搬动它们，我要费好大的劲，得拼上我所能做出的最大努力，当然这也乐在其中。从那个时候到现在，我再也没有遇见过那样的著作，但我记得它的内容是旧约故事，排布井然有序，每一则故事都附有对它的质疑，对质疑进行的释疑依例增补其后。所谓质疑，是清理归纳古今机智敏锐的非信徒之众针对历史的可信度提出的一切疑难，罗列得过于直率，反而显得更像赞美，释疑的语言显现出简捷、谦逊，令人满足。这真是毒剂和解药都摆在面前。就这样被呈示出来，又这样被平息下去，这疑惑似乎有了永远的定论。妖魔僵死在地，最柔最弱的婴孩也可以把它踩在脚下。然而正如斯宾塞笔下被诛杀的怪物，切莫让人们的担心变为现实——妖怪的幼仔们从那些被粉碎了的邪恶的子宫里爬出来，这就超过了像我这样一位稚嫩的圣乔治的抵御能力。我的对每个段落都期待质疑的习惯，驱使我发起更多的质疑，以便由我自己为他们找到释疑，并从中体验到得意的快感。我变得慌乱、困惑，成了一个童年怀疑者。我自己读过的，或在教堂听人家读过的美丽的《圣经》故事，在我的心目中不再纯洁、不再实在，而被蜕变成了许多关于历史事实和纪事日期的论题，面对任何反对者，都必须对这些论题予以维护。我不是要不信它们，而是——仅次于不信——我非常有把握地说会有人不信它们，或者说已经不信它们了。让一个孩子不信仰宗教，前面紧挨着的一步，就是让他知道，世上真有人不信仰宗教。轻信是成人的弱点，而孩子就更容易做到。啊！从这些天真无邪、奶声奶气的口中，表达出来的对圣典的怀疑，让人听来是多么丑陋的声音！我想，面对如此缺乏营养的秕谷麸糠的滋养，如果不是我运气好，偏在这时间，一件不幸降临到我头上，我就该在这个迷宫中迷失方向，衰竭消逝。我毛手毛脚，要翻过画着方舟的那一页，很不幸，在它质地精巧的书页上撕开了一处裂口——使我顾此失彼的手指，直接穿透了那两头较大的四足动物：大象和骆驼。它们从这座世上唯一的航海建筑物的操纵间旁边最末端的两个窗户惊异地张望（按理它们应该是这样）。打那以后，斯塔克豪斯被锁进柜子，变成一件不允许使用的宝贝。那部书以及书中的质疑及释疑逐渐地从我的脑海里清理出去，其影响力后来很少在脑子里重现，很少给我带来困扰。然而，我从斯塔克豪斯汲取的一点，是锁子和门闩等障碍都不可能封堵出去的，它注定要更为严峻地让我童稚的神经承受重负——是那张讨厌的图画！

我对神经恐怖极为敏感。夜晚、孤独、黑暗，是我的炼狱，我所遭受过的这类性质的痛苦，可以证明我说的话一字不假。我想我活在这个世上，从四岁到七岁或者八岁——我的记忆只能记得这么久以前的事——如果我没有确认那自有预兆的某种吓人场面已经在我面前出现过了，我是从来不会把脑袋安放到枕头上的。切莫完全怪罪老伙计斯塔克豪斯。如果我要说巫婆高举着撒母耳这张插图——啊，那位身上覆盖着斗篷的老人！我能从图中追根溯源的，不是我儿时的炼狱，那些午夜的恐惧，而是他们降我以惩罚的方式与方法。正是斯塔克豪斯为我装扮出了一个夜鬼，每夜坐在我的枕头上——当我的姑妈或我的女佣远离我的时候，他肯定是我的睡伴。大白天，当容许我看那本书的时候，我在梦想自己对它的描绘有清醒的领悟，到了夜晚（如果我胆敢使用这样一个词组），我在梦境里醒悟，发现书中描绘的景象真的是那个样子。即便在光天化日之下，我一旦想要进入我睡觉的那个房间，就不得不转过脸去，面朝窗户，背对着我的被鬼魂纠缠的枕头所在的床铺。当为人父、为人母者，把自己稚气未脱的孩子独自留在黑暗中任其睡着的时候，他们不知道他们这么做会导致什么后果。孩子睡醒后四处摸索，试图找到一条友善的胳膊，希望听到熟悉的声音。发现没有任何人来安慰他们，便尖声哭叫，这对他们可怜的神经是多么严重的震荡！点起烛光，守护着他们直到子夜，伴他们度过被称为不安全时段的那几个小时。这样做，让我感到欣慰之处在于，从医学的角度讲，这是一种更有益的安全保护。我前面说过，那张讨厌的图画给我的无数梦赋予了一种模式——如果可称其为梦——因为它们的场景，无一例外，就是我睡觉的那个房间。如果我从来没有见过那张图画，我的恐惧就会或此或彼，形态各异，有其自在的图像——

无头的熊，乌黑的人，或者是头大猩猩——

然而事实就是这样，我的想象采取的就是那种模式。在孩子们那里，制造恐怖的祸首不是书本，不是图画，也不是愚蠢的仆人的故事，它们至多只给恐怖给出一个方向。所有的孩子中，亲爱的小T.H.是在最严格地清除了任何一种迷信污渍的条件下养大的——他从未听说过妖魔鬼怪，很少有人给他讲坏人，很少读到过或听到过悲伤的故事——他自己被十分严格地隔离在恐惧之外，他发现这个世界上的一切恐惧都在他自己的"汹涌而来的幻想里"，从这位受到特意养育的乐观主义的孩子自己的午夜小枕头里发起的那些形象，跟传统没有瓜葛，与传统相比，让人意想不到的，是对已被宣判死刑、等待执行的杀人凶手的冥冥之想竟是镇定自若。

戈耳工、许德拉，还有奇梅罗斯式的恐怖——塞拉诺和哈耳皮埃悲惨的故事——在迷信的大脑里它们可以自我再生，但它们以前就是存在的。它们是副本，是表现形式，它们的原型在我们的意识里是永恒的。在我们意识清醒的情况下，我们明知那种描述是不确切的，我们为什么还会不可避免地受其影响呢？或者说——

那样一些名称，它们的含义我们不知道，
只觉得它们在用莫须有的事故，把我们消磨掉？

有些事故被认为必定会给我们带来肉体方面的损伤，我们自然而然也就认为是这样的事物造成的恐怖，是这样吗？不对，根本不是这样！这许多恐怖要久远得多，肉体尚未产生的时候，恐怖就存在了。换句话说，即便没有肉体，恐怖照旧是恐怖。但丁笔下的残忍及痛苦，明摆着的恶魔——撕扯、砍斫、噎塞、窒息、灼烧，魔鬼们无所不为——而如果一个人设想着有一个无形的幽灵在紧跟着他，相比这个简单的设想，但丁的魔鬼们的行径给他的精神造成的恐怖只够得着一半，且看这个紧跟身后的幽灵——

　　像在一个孤独的路上的孤独的行人，

　　茕然独步，心怀恐怖，怀揣畏惧，

　　回首后顾只一次，继续赶路，

　　不敢再次掉过头去，

　　因为他知道，一个可怕的鬼魂，

　　紧贴着他的脚跟，踩着他的脚步。

　　这里讲的这类恐惧，纯粹是精神恐惧，在现实世界里它无形无迹，因此它对人的作用强度更加巨大——他在天真纯洁的婴儿时期最是突出——这一切都是疑难，释疑它们或许让我们对先代的状况产生可能的领悟，至少可能窥见我们来到这个世界之前，大地那种影影绰绰的影子。

　　我的夜间幻觉不再折磨我已经很长时间了。我承认偶尔会做噩梦，但不比幼年早期，噩梦一概不会留下种子。鬼怪的鬼脸，连同它们的余烬，可能会狰狞而来，对我冷眼相向；但我只能把它作为笑料，即便当我躲不开它们的时候，我可以与它们角力、格斗。至于我的想象品质，说出来几乎羞愧难当，我的梦想是那么平淡无奇，缺乏诗意，它们从来没有浪漫的情趣，甚至很少有田园风光。我的梦境里充斥着的是楼台亭榭，是建筑工程——异邦的都市，我从未见过它们，也很少期望能见到它们。在很显然是自然状态下的一天时间里，我穿越了罗马、阿姆斯特丹、巴黎、里斯本——以难以名状的喜悦之情，游览它们那里的教堂、宫殿、广场、市场、店铺、城郊、废墟——行迹像地图一样点线清晰，视景如阳光照耀一样真切鲜活，一切尽在清醒状态。先前我曾游历过威斯特摩兰山地——我的心目中最巍峨的阿尔卑斯山脉，然而这些形体太过高大，我梦境里的认知能力驾驭不了它们；一次又一次我好梦惊醒，张开想象的眼睛，力求为赫尔韦林山峰勾勒出一个不拘什么样子的形状，但归于徒劳。我感到，我似乎就在梦的国度，但群山不见了，梦境的贫瘠让我备受屈辱。柯勒律治可以随心所欲，魔变出忽必烈汗的冰雪穹顶和游乐宫廷，想象出阿比西尼亚女仆，阿巴拉的歌曲和大山洞——

> 阿尔夫河，神圣的河，从山洞里流过。

以此来抚慰他深夜的孤独，而我连一把小提琴也想象不出来。在巴里·康沃尔那里，他能让海神和他的女仙在夜景里当着他的面追逐嬉戏，宣称内普丘恩生过儿子，而我到了夜晚，把想象的活性发挥到极致，也几乎推不出一个渔婆的鬼魂。将我的失败置于一种让我自感屈辱的光线的导引之下，正是读过了这位诗人的高尚的梦，我的幻想才开始在这么多海上幽魂的领地强行推进，就这样，我生性中可怜的塑造能力，恰在当天夜里的梦中发生作用，来迁就我的愚笨。我好像驾着大海上的巨浪，参加某一场海上婚礼，坐骑是浪，又被浪高高抛起，海神在我面前列队，照例吹响它们的海螺（你一定要相信，我是领头的神仙）。我们忘情地在大海里横冲直撞，直到我喜出望外，伊诺·琉科忒亚用白色的拥抱迎接我（我认为那就是伊诺）。巨浪逐渐减弱，大海从狂躁降退到平静，继而又继续减弱成河水的流动，那条河（正像熟悉的梦境里发生的那样）不是别的水系，而是温顺的泰晤士河。河水涌起一两卷宁静的浪，轻轻送我抵达水岸，独自一人，安然无恙，也算不得光彩照人，登陆到兰贝斯宫墙脚的一个地方。

用一个灵魂在睡梦中的创造能力来检测这同一个灵魂在清醒时的诗情才气的品质与数量，或许不是虚枉。一位上了年纪的先生，我的一个朋友，也是个幽默大家，他持这种看法曾到了极端程度，致使每当他眼见熟悉的青年后生雄心勃勃要当诗人的时候，他的第一个问题常常是　　"年轻人，你能做什么样的梦？"对我的老友的理论，我是笃信始终，所以当我感到那种要当诗人的非分之想涌上心头的时候，我就记起已经逃逸了的女仙子，也记起那次不很光彩的河内登陆，我即刻回落到散文领地，只有那里适合于我。

我的亲属

我已活到了生命的一个独特节点，在这个时候，如果一个人仍有父亲或者母亲健在，那他应当把这种幸运看作是上天的恩赐。我没有那个福分——有时候我多愁善感地想到《布朗著基督教信徒道德小品》中的一段，讲到一个人在人世活了六十岁或七十岁。"在这样一个时间区段内，"他如是说，"当一个人活到发现周围没人还能记得他的父亲，或很少有人能记得他年少时的朋友，他可能对被遗忘是什么滋味有了精确的理解，可能可知可感地意识到，他自己在不久的将来，会灰头土脸湮没于人世间。"

我曾有一个姑妈，很是疼爱我、善待我，她独居一生，怨遗人世。她生前常说我是这个世上她所喜爱的唯一之物，当她想到我有朝一日会辞世而去，她会流下母亲般伤心的眼泪。我的理智无法认同这只针对我一个人的偏爱。从早到晚她总是潜心圣书，全神贯注于祈祷功课，她最喜爱的书卷有斯坦诺普翻译的"托马斯-肯比斯"著作，还有一本罗马天主教祈祷书，都清清楚楚写着晨祝晚告——我那时因太年幼而搞不懂诸多概念。她坚持读这些书，尽管对书中的教皇倾向天天斥责；她每个礼拜天都上教堂，像个虔诚的新教徒的样子；她只钻研这些书，尽管我记得她告诉过我，她有一阵子读过《一位不走运的年轻绅士奇遇记》，并大为欣赏。有一天她发现埃塞克斯街的小教堂敞开着门——那时的一神教异说尚在初萌阶段——她踅了进去，喜欢上了它的布道说辞，还有它的膜拜方式。打那以后的一个时期，她时不时地光顾这个地方。她去的目的不在于信条要义，她从来就不缺这些。正如我上文暗示，她天性秉持些许严厉，她是一个信念坚定、性情友善的人，是一个虔诚不二、矢志不移的基督徒。她是个善于观察、头脑精明的女人，尤其是遇到机锋巧辩，要她打破沉寂的不多得的时刻——其他情况下她不很看重妙语。我能记得的、眼见她做过的、唯一的世俗事务就是剥开法国豆，把它们扔进瓷盆里，清水静静，清澈见底。那些温润的蔬菜的气味，我迄今依旧感受得到，激起我半缓幽静的回忆，当然了，它是烹饪操作中最雅的一道工序。

人称男性姑妈的那类亲属，我没有一个可以记得。论起叔伯娘舅，应该说我是生就的孤儿；论兄弟或姐妹，我从来就没有可谈得上认识的。有一个姐姐，我想应该名叫伊丽莎白，在我们都还是婴儿的时候就夭折了。我从她那里就谈不上丧失什么抚慰或者什么关爱！然而我的表兄弟表姐妹还是遍布赫特福德全郡的。其中有两位，我平生惯于同他们保持最密切的交往，且应称其为最要好的亲属。他们是詹姆斯·伊利亚和布里奇特·伊利业，分别长我十二岁和十岁，涉及规谏劝世、好为人师之能事，两位似乎都不愿放弃传统赋予长者的特权。假如这种思想继续下去，到他们七十五岁、七十三岁的时候（比这更早我是缺不得他们的），我也年逾花甲之期，他们会一如既往地把我只当小伙子或者幼弟来对待！

詹姆斯是个神妙莫测的表兄——大自然拥有她的诸多整体统一性，不是每一位批评家都可能参透其奥妙，换句话说，如果我们有所感悟，那也是解释不清楚的——劳伦斯·斯特恩之笔有可能会描绘出詹姆斯·伊利亚的全貌，自他以来没有谁的手笔可以如此惟妙惟肖——那些细腻的尚德式的亮光暗光，组构了他的故事。命运予我以恩惠和差强人意的才气，我好以远不及人的笔触，以判若天壤的方式蹒跚于大家之后。于是可以这么说，詹姆斯——至少在一位普通观察者的眼里——看来是由相互矛盾的准则构成。名副其实的冲动的孩子，审慎古板的冷峻的哲人——我的表哥镇定自若的信条与他高度乐观的品格，总是处在冲突状态。他的脑海中总是有个崭新的计划，他在处心积虑反对革新，呼告要取缔任何未经时间和实验检验的东西。在他的幻想中，每一小时就有一百个奇妙的想法相互追逐，对别人那里最微不足道的浪漫情调他也惊愕不已。他的自我，决定于他自己对万事万物的感受，而在每时每刻他都要把你置于普遍感受的指导之下。他的一切言行总沾染古怪无常的气息，他只忧心忡忡，担心你会做出荒诞不经或离经叛道的傻事。有一次我在餐桌上流露，我不爱吃一种很受大众欢迎的菜肴，他求告我，无论如何不要那么说出来，因为整个世界都会因此认为我神志不清。他以购买只是为了出手为托辞——以便他的热心不至于激起你的热心，他要遮掩自己对高雅艺术品的狂热的喜爱（对此他有大量的精选收藏），然而如果购买真的是为了出手，为什么那幅柔情脉脉的多美尼基诺田园画仍旧挂在他的墙上？是他自己的眼球对他更重要，或者说什么样的画贩子会像他那么说话？

　　总体上讲，我们看到，人们是要让思考得出的结论与他们的个性特质相一致的，詹姆斯的理论与他的生性则截然相反。他本富于勇气、敢做敢当，像瑞典的查尔斯王；他为人谨慎小心、循规蹈矩，像一个身在旅途的教友会信徒。我是一辈子聆听他的布道，说是要毕恭毕敬对待一个伟大的信条——一个人入世出世需要章法有度，也需要举止文雅。我看得清楚，他自己不把两者中的任何一个当目标——他有一种精神，当着鞁鞑大汗的面也要挺直腰杆，当世而立。很高兴能听他关于耐心的论说——将耐心颂扬为最真的智慧——能看到他在做晚餐的最后七分钟内忙乎。大自然在塑造这位爱冲动的表兄的时候，草创了她最为手忙脚乱的一道杰作——艺术对他偏爱有加，精心铸造，不论我们置身什么境况，谈起淡泊宁静，知足常乐，这些他所喜欢且能受益的话题，他表现出的是最高超的演说技艺。在约翰·默里大街的尽头，当他看到你安安稳稳坐上西行线路运营，但运行状况不畅的一辆短途驿站马车——你是在马车尚空时上的车，需要等到车位满载——有些乘客得等上三刻钟之久，他辩这个话题，就胜券在握了。他开始揣摩你已经烦躁不安了："这样坐等，这样闲聊，去哪里找个比车里适合点的地方？""他那里可希望你静静待着而不是到处转悠。"一只眼睛一直盯着车夫，直到最后所有的耐心都消磨尽了，他冲着这家伙爆出了一阵抗议，表示对乘客的同情，抱怨他拖延这么长时间，远远超过了他原先的承诺，并断然宣称，"如果他不立即驾车启程，坐在车上的那位先生可就坚决要下车了。"说出的正是你想说的话。

他很善于发起争吵或寻机狡辩，但在任何缘由的争辩中他断无可能陪伴帮助你。事实上他对逻辑置之不理，而似乎于忽然间，用根本无关乎逻辑的方法，得出十分令人信服的结论。与这一现象甚是吻合，在某些场合，人们听到他否认推理这样一类本领会为人类所有，他想不明白，起初人们怎么会有如此有关推理的奇想——用他所非常在行的一切推理能力来强化他对推理的否定。从他的某些观点推断，他是反对笑声的，他声称笑对他来说不是自然行为——也许接下来的一阵子他会像雄鸡啼叫一样笑得颠肝倒肺。他谈论世上的某些最美好的事物，但宣称机智是他最不喜欢的东西。在看到伊顿公学的孩子们在游乐场嬉闹时，正是他出言——想想这多么善良聪慧的少年，几年之后将变成无聊的国会议员，多么让人遗憾！

　　他的青年时代性如烈火，静如光焰煜煜，动如风暴隆隆——到上了些年纪，也没有发现任何征兆表明他在走向沉稳冷静，这是我所崇敬他的地方。我不喜欢人到中年锋芒尽失的人，我完全反对与年岁这无可躲避的破坏者妥协。在詹姆斯的有生之年，他纵情享受生活。在某个晴朗的五月的早晨，我朝着每日做零活的街道独行，遇着他大步流星迎面而来，显得风流倜傥，睿智聪慧，面色红润，光彩照人，那表明他眼睛又盯上了一宗买卖——一幅克劳德山水画，或一幅霍贝玛山水画。因为他的许多让人称羡的业余时间大都是在佳士德和菲利普斯拍卖行，或其他哪一处画作展销部度过的，猎得价廉物美的画品或同类的好东西，这一切对我大有好处。每逢这样的时刻，他大都要挡住我的去路，读出一段简短的演说词，讲关于我这样一个人拥有的超乎他的优势，他的时间全被他抽身不得的生意给占满了。他明确告诉我，他经常感到生意沉甸甸悬在手头，他希望假日、闲暇能少点儿，然后走开去，朝着伦敦西区！哼着小调朝颇尔购物中心走去，完全彻底以为他让我相信了他的话——而我背着他的方向继续走我的路，哼不出小调来。

看这位满不在乎的教授，把他的新购之物尽主人之谊储存妥当，又是一大乐趣。你在每一种光照下浏览，直到他找到最佳效果——摆到这个距离，再摆到那个距离，但总要把你的视点调整到与他自己的视点吻合。你须从指间窥视，见一个立体的悬空的透视图。尽管你明确地告诉他，在你看来，不要使用那种人工技巧，那幅陆景画会让人更快意。当有人不仅不对人家的痴迷作出响应，而且不合时宜地流露出偏爱先前的交易胜过眼前的交易，这样的人就背运了！最后的买卖总是他最得意的一笔买卖——他"那一刻的辛西娅"可惜啦！据我所知，有多少幅恬淡的马多娜作品由他收藏——一幅拉斐尔藏品！短短几个月的升值强势，接着中间经历一次次贬值，从前部的主客厅转移到后部的展厅，再到昏暗的储藏室——像个没人要的孩子，由卡拉奇辈依次收留，经历亲缘关系的接连降格，渐渐地掉价的速度放慢——转交给被人淡忘的杂物间，最后被归入卢卡·齐达诺或平庸的卡洛·马拉蒂等不入流的画家名下清除出去！当我看到发生这样的事，想想往后的命运多变无常，让我思索一些显赫一时的人物，改换不定的境遇，或者说思索女王理查德二世悲惨的境遇——

光耀华丽，粉墨登场，

她像靓丽的五月，五彩缤纷地走来，

　却像万圣节寒碜的众鬼，或一年最短的白昼那样

走开。

　詹姆斯怀大爱于你，但对你的所感所行的认同却甚为有限。他生活在他自己的世界里，你的大脑里在盘算些什么，他会做诸般若真若假的猜测。他从不深入你习性的实质，他会对一个坚贞不渝的老戏友讲某某先生在什么地方（说一处剧场的名字），是一个活力四射的喜剧演员——作为一则消息！他知道我是一个坚持不懈的散步人，就在前不久他向我力荐，在邻近我住处的地方，替我找到了一些令人惬意的绿茵小路——这二十年来，我随时随意、常来常往于他说的这些地方！他对可称之为情感体验的那一类感受不以为然。他无一例外地把肌体的伤痛界定为真正的邪恶，把其他一切邪恶只作假象予以否认。看到或只是设想某个生物在忍受痛苦，他为之动容的程度是我在妇人群中都见所未见的。对这种苦难的与生俱来的敏感，可以在一定程度上说明这一现象，他把动物部落尤其要置于他的特别保护之下。他会为一匹上气不接下气，或被马刺擦伤的马申辩。一头负重太过的驴子永远是他的辩护当事者。他为兽类奔走呼告，是那些无人豢养的动物的永不叛变的朋友。想到龙鳌虾被烹或鳝鱼被活剖肚，会让他痛心疾首，"悲悯欲绝"，没日没夜让他食不甘味、寝不安枕。有着强烈的托马斯·克拉克森式的情结，他只需要毫不动摇的追求和始终如一的目标，让那位"时代的真正的轭下之奴"就像维护黑人权益那样，为动物带来同样的收效。然而我的表兄风风火火，仅仅

不很完备地建构了目标，至于要其他方面协作方能实现，他是等不得的，他的改良计划必须在一日之内开花结果。由于这个原因，他在慈善界，在消除人类苦痛的合作组织中，往往忙中添乱，吃力不讨好。他的狂热性往往使他僭越并架空他的同侪助手，他想着要救助，而他们则想着要辩论，他因为宽释了某个什么人而被清除出一个社团，因为他的古道热场，超出他的合作者们所能理解的规范和所能实施的缓慢进程。我会总是把这个特性看作是伊利亚家族所独门专有的高贵品质！

我提到上面这多现象层面的不相一致，是要取笑或是指责我这位特立独行的表兄吗？往日的联姻，上苍的恩典，一切优雅美好的做事风度，亲属之间该有的理解，都不允许我这样做——伊利亚家族中一切古怪行径中之最古怪者——我丝毫没有让他放弃个性、迷失自我的意思，我也不愿意把这位浮躁癫狂的亲属改换成一位最尚准确、最守规矩、始终如一的亲属，鲜活于世。

读者阁下，下一篇也许我会对我的布里奇特表姐做一番叙写——如果你还没有因表兄弟表姐妹太多而困倦——但愿你愿意与我们一道出行，去亲历打那时以后我与表姐在两个夏天一起经历过的远足，我会牵着你的手，寻找更多表兄弟表姐妹——

穿过赫特福德郡那绿茸半铺、令人惬意的原野。

赫特福德郡麦柯利农庄

　　布里奇特·伊利亚是我多年的管家了。布里奇特有恩于我，这种恩惠可以追溯到我记事之前很远很远。资深单身汉遇上了老处女女仆，我们住同一所房子，成了一种双重独身。总体讲，我的生活舒心自在，我自己不曾想过，要像那草率的王室之胄，遁形山野，为自己单身孤寂而伤心痛哭。我们的趣味、习惯相当吻合——不过属于"有所差异"的吻合，我们一般情况下能做到彼此融洽，争执仅偶尔发生——亲密的亲属之间本来就应该这样。我们之间意趣相投是出于意会而非言传。有一次我在嗓音中伪装比往常多了些和蔼的声调，我的表姐便涕泪涟涟，抱怨我变了。我们俩都嗜书成癖，仅只涉猎方向有别。当我捧读（第一千次）伯顿老伙计的某个篇章，或者他的某个非同寻常的同代人的大作而不忍释手时，她则在全神贯注于某个现代故事或是传奇，于是乎我们共同的书桌，每天不例外堆满新书，供刻苦阅读。叙述自会吸引着我，我对事件的进展不十分在意，她则必须有故事情节——讲得精彩，讲得拙劣或讲得平淡无奇都可以，其中要有起伏跌宕的生活，要充满着行善或作恶的事件。虚构故事中命运的起落——现实生活中几乎也是同样——我对这些已丧失了兴趣，或者在我看来只是无聊乏味。不循规律的言谈，不落俗套的观点——充满迂回曲折，精巧构思的头脑——与众不同的作者品格，最让我欣赏。我的表姐生来排斥一切听起来离奇怪诞的东西，一切不合时宜、不循规矩、不入常理的事物，她都不予接受，她认为"自然本真即为妙境"。她无视《医生的宗教观》一书中的曲折美，这我可以原谅她，然而她必须向我道歉，因为关于我最喜欢的上上个世纪的一位散文大家的才气，她最近总喜欢拐弯抹角地表示出某种无礼与不敬——我是指集尊贵、纯洁、高尚三者于一身，且有奇思妙想、见解独创的头脑，宽宏大度、善解人意的马格利特·纽卡塞。

表姐的目标是要让她的和我的同伴结交自由思想者——新的哲学流派、新的社会体系的领导者和追求者，她的这种主张或许超出了我的期望，然而对这些人的观点，她是既不论辩也不接受。在孩童时代她所倡导和尊崇的东西在她大脑里依旧占据主导与优势，她从不把她自己的理会与领悟当儿戏，也从不开玩笑。

我俩都有一点太过刚愎自用的倾向，据我观察，我们之间的争端的结局，几乎没有例外地都是这样——关于事实、日期、情景等问题，结果总表明我是对的表姐是错的；然而我们之间有关道德观的差别，有关什么应当付诸实施、什么应当听之任之这样的问题，不管刚开始我是多么争执激烈，拒不退让，多么自信镇定，我敢肯定，最终总是我搁置主张，被带到她的思路上来。

我必须小心翼翼地对待我的女性亲属的小毛病，因为布里奇特不喜欢别人讲她的缺点，她有一个不好应付的怪癖（不该说得更难听）——要人家陪着读书。每当这时候，她连问题的要旨都不完全明白，就答以是或不是——这很让人恼怒，对提问者的自尊是最大程度的轻慢。面对生活中遇到的最紧迫的考验，她能不分彼此，神态自若，但有时候在无关紧要的时刻她的神态自若却离她而去。如果出于需要，且是当时至关重要的话题，她会讲出一篇大道理，但如果内容不关乎道德良知，她有时候则是出了名的词不达意的人。

人们对她早期的教育不是十分操心，于是她很幸运地免去了那一连串被女人们称为成就的中看不中用的繁文缛节。说不上是出于偶然还是有意安排，她是老早就被关进一处宽敞的书库，内有收藏颇丰的英文经典，用不着挑选，也没什么限制，随心所欲在那水草茂盛、营养丰富的牧场上往来啃食。如果我有二十个女儿，我会就按这种方式培育她们长大，我不知道这样做会不会减少她们嫁人的机会，但我满有把握，这种培养（如果最糟的做法导致最糟的结果，嫁不出去）可以造就最无可挑剔的老女仆。

在人消沉苦闷的时间，她是最真诚的安抚者，然而一遇插科打诨的事故和无关紧要的困扰，无须全神贯注尽力应对的情况，她会由于过多地参与而有时把事情弄得更糟。如果说她不一定总是能分解你的烦恼，在生活中的较为快乐的时刻，她毫无疑问总是会把你的满足增加三倍。做一个一同看戏、一同访友的伙伴，她非常出色，而伴你一起出游，她是最佳人选。

几年前的一个夏天，我们同游赫特福德郡，突然登门造访生活在那个怡人的谷栗之乡，但我们不是十分熟知的亲戚。

我能记得的最古久的地方叫麦柯利农庄，根据一张赫特福德郡的旧地图上的拼写，也许称之为麦柯利尔更为恰当。一处农舍房屋——所幸离惠特汉普斯特德不远，徒步走过去毫不费劲。我只记得小时候去过那里，探望一位曾祖姨奶奶，我那时是在布里奇特的监护之下，我曾说过她约长我十岁。我多希望我俩能把生命的剩余部分集中到一起，而后我们俩再均分，但那样做是不可能的。当时房屋由一位殷实的耕农居有，他名叫格拉德曼，娶的是我祖母的妹妹，我的祖母是布鲁顿家的，嫁给了菲尔德家。格拉德曼家族和布鲁顿家族，在该县的那个地区依旧繁衍生息，人丁兴旺，但菲尔德家族则濒临断绝。我说的这次探访距今已四十多年了，四十多年的大部分时间里，我们也失去了与另外两支的联络，谁人或是什么样的人继承了麦柯利农庄——沾亲带故的人还是完全陌生的人——我们几乎没胆量臆测，但我们决计要找时间做一番探究。

沿着一条有点迂回曲折的路，从圣奥尔本取道卢顿镇雅趣融融的公园，我们于大约正午时分到达有所渴盼、有所好奇的目的地，那老旧农舍房屋的景象，尽管每一点痕迹都已从我的记忆中抹去，但它给我留下的欢快的印象，是我许多年来不曾经历过的。因为虽然我已忘了它，但我从未忘记过一起到过那里，我们平生的时间一直在谈论麦柯利农庄，直到我的记忆被歪曲成它的一种幻影。我原以为我知道这个地方的概貌，但当它真的出现在眼前，我会惊叹我多次在想象中幻变出的形象，与它的真实状貌大相径庭！

它周围的空气芬芳四溢，沁人心脾，时值"六月的中心"，我借诗人的话说——

而你，表现得如此清朗、漂亮，

映衬着激情荡漾的想象，

在白天灿烂阳光照耀下，

敌得过她典雅细腻的幻象中的原样。

　　与我相比布里奇特的快乐是更清醒明了的快乐，因为她不费努力就可回想起她的老相熟——当然有些特征的改变她也觉得别扭。事实上，刚一开始她是有心理准备的，不指望有多开心与快意，然而那情那景，很快就让她坚定不移地喜爱起来——她穿过了这所老宅的每一处外围建筑，到那处木屋，到那处果园，到那盖造过鸽舍的地方（房子和鸟像是全都飞走了）——她屏住呼吸，迫不及待地要辨认出旧物。到了五十多岁的年纪，与其要她举止端方、颇有教养，倒不如任她忘情，再予谅解，然而布里奇特在有些方面的表现，是年轻于她的实际年龄的。

　　现在只剩下进入这所房子了——只有我逾越不了那个障碍，因为我本人非常怯于在陌生人和久无往来的亲戚中间出场亮相。亲情之爱战胜顾忌，表姐撇下我一溜烟飘进去，但很快她又随着一个人出来，这个人如果坐在雕塑家面前，就是一座欢迎雕像。来者是格拉德曼家族最年轻的一位，她嫁给了布鲁顿家族，已经成了老屋的女主人。布鲁顿家族一门佳丽，六朵金花是那个县里出了名的最漂亮的年少女郎，但在我看来，这位娶进家门的布鲁顿家人比她们都要出色——比她们都俊俏可人。她出世太晚，不可能记得我，她只记得，小时候布里奇特表姐登上门阶台级时，有人指给她看。然而，沾亲带故，表亲近族的名义已经足够了。那些微弱的纽带在人事分崩的都市氛围里，显得如悬丝般脆弱，我们发现在热忱友好、朴实无华、让人流连忘返的赫特福德郡，却牢固地维系着亲情关系。五分钟后我们完全彻底地相熟相知，就像是一起出生、一起长大，我们甚至相熟到了相互用教名相称的地步——基督教徒们就应该这样互相称谓。看到布里奇特和她交谈，就像是遇见了《圣经》中的两位圣母表姐妹！谦恭优雅，端庄尊贵，这位农夫的妻子长相和名望与她的头脑相辅相成，令世人广为景仰。她要是到了皇宫圣殿，依然能不输显贵、绽放光彩——或者说，我们认为是这样。丈夫和妻子用同样的热情欢迎我们——我们，还有与我们同行的朋友。我几乎忘了他，但BF如果能在遥远的袋鼠出没的海岸上读到这篇散记，他不会在短时内忘掉那次会晤。肥美的牛犊肉已经烹就，或者说老早一切就绪，像早料到我们要造访。应情应景，喝一杯他们自酿的家酒，让我永远难忘这位好客的表姐，多么满怀诚挚，满怀自豪，带我们前往惠特汉普斯特德，把我们（当作稀客）介绍给她的母亲和格拉德曼家的姐妹。她本人对我们几乎无所知晓，而这些人却真正了解我们更多的情况。他们也照样，是多么热忱友好地接待我们——这样的时刻是多么有效地激活了布里奇特的记忆，重温半是消逝、半是含混的千人百事，这全然让我吃惊，也让她自己吃惊，让坐在旁边、几乎是唯一的一位攀扯不上表亲的BF震惊。老旧的、名字和情景模糊了的印象岂止是一半忘却，这阵子依然涌回她的脑海，像是用柠檬写下的字，经过友好与热情的照射，一个个清晰地显现。当我忘记了这一切时，但愿我的乡下表姐妹们也忘记我，但愿布里奇特不再记得很久以前，当我还是个柔弱的婴孩时，在她悉心的看护之下——就像从那时起，直到我迂腐可笑的成年时期，一直在她的照顾之下——我们走遍赫特福德郡麦柯利农庄，在那些令人惬意的田园漫步。

尊重妇女现代观

今风与古风相比对，我们深感欣慰，因为我们可以就尊重女性问题，盛赞我们自己。我这里说的尊重女性，是指把女人当作一种身份属性而向她们献上某些示好、赞赏、溢美、尊敬之辞。

当我相信，尊重女性的原则在对我们的行为发生着作用的时候，我就会忘记，仅在我们纪元为文明时代的第19个世纪，我们才开始取缔那频繁上演的、最粗野的男性施暴者们，当众鞭笞女人的惯常行径。

当我相信，这个原则具有影响力的时候，我就会无视这样的事实，在英国，人们依旧隔三岔五地实行极端刑法——绞死妇女。

当我深信这个原则的时候，女演员们就不会轻易地在绅士阔佬们的唏嘘声中，被轰下舞台。

当我深信这个原则的时候，达官显贵就会或者搀扶着卖鱼婆走出狗穴一样的住处，或者协助摘苹果的女人，捡起由不十分严谨的拉货大马车撞落在地的、到处乱滚的水果。

当我深信这个原则的时候，生活在底层的未来新贵们，就会被人们认为是这一优雅举动的身体力行者，他们在不为人知或认定无人旁观他们的情况下，能依照这个原则行事——我就会看见，某个富商的经纪人，能舍出他的紧挨车夫的头等座位，那让人热眼的外套，披在那位与他同车旅行、坐在车顶赶往她自己的居住地却被大雨淋透的可怜的妇女那毫无遮蔽的双肩上——我就不会看到，一位妇女站在一家伦敦剧场的舞台底下看戏，直到由于费力而病态恹恹、晕倒在地。她周围尽是男人，坐在他们的座位上潇洒自在，讥笑着她的窘困与痛苦。最后，其中一位，看起来比其他人更懂得礼数、或更具备良知，此公郑重其事地宣称："假如她再年轻一点，再漂亮一点，他是很欢迎她坐到自己的座位上来的。"把这位衣冠楚楚的批发商，或上面提到的那个旅人，放在他们自己的所熟知的女性交际圈里，你定然不能否认，他们是你在罗斯柏瑞街所能见过的最有礼貌、最有教养的人。

最后我要说，当我开始逐渐相信，有这样的原则在影响着我们的行为的时候，世间多一半的繁重的、粗糙的苦役就不再由妇女们承担。

直到有那么一天来临，我才会相信，这个夸大其词的说法，不是以习俗与约定的形式表现的虚构的故事，不是在人生的某个时段，按某种顺序，在两个性别之间搭建起来的悦人耳目的盛典，两个性别都可在其中找到不分高下的优势。

如果在崇尚礼仪的人群中，我能看到人们能不分彼此地关爱年长者和午轻者、长相普通者和风姿绰约者、肤色粗糙者和细皮嫩肉者，把女人当作女人来关爱，而不是当作一尊花瓶、一笔财富或一种地位，我甚至会乐意把这个原则列入有益的生命故事之中。

我会相信，这个原则不仅是一种虚泛名义，如果一个衣冠楚楚的群体中的一位衣冠楚楚的先生，在遇到年长的女性的话题时不要含嘲带讽，也不要意在含嘲带讽，如果从文质彬彬的口中，吐出"过了期的处女"和诸如"错失了上市机会"这样的辞令话语，会当即招致听到这类话语的男人或女人的断然反击。

家住面包山的商人约瑟夫·佩斯，南海公司债权人之一——莎士比亚解评学者爱德华兹，曾给这位仁兄题过一首精致的十四行诗——此人堪当我所见过的唯一典范，他尊重妇女可谓表里如一。我在早年时期深受他的提携，他是为我付出过许多劳苦的，在我的个性品质里的商人气息（那不是很多），不管什么样的，尽皆来自他的规诫与示范，我未从他那里受益更多不是他的过错。他尽管生而为长老会信徒，长而成商人，他是他那个时代最有修养的绅士，他对女性的关护，不是在会客厅里行一套，在店铺或货摊另行一套。我不是说他混为一谈不加区分，然而他从来不忽略性别，或曰忽视处境低下的卑微女性。我见过他向一位女仆脱帽致意——想笑就请笑一笑吧——他站在那里，面对着向他询问去某条街道的路径的可怜姑娘——如此发乎自然的文明举止，既不让姑娘承受时感到拘谨，也不让他自己施惠时感到烦琐。他不是通常人们领会的那种跟着女人转的人，但不管女性以何面目出现在他面前，他尊敬、维护她们的身份，始终如一。我见过他——切莫发笑——体贴入微地陪伴着一位雨中邂逅的女商贩，他举着自己的伞，护着商贩的一篮子急需保护的水果，以免让其受损，那种小心谨慎的神态就好像女商贩是位伯爵夫人。老态龙钟的女人是值得尊敬的，他要是遇上，会退到墙角让道（尽管可能是面对一位讨饭老妪），其庄重的神情，比我们对待我们自己的老祖奶奶有过之而无不及。他是勇敢的世纪骑士，那些受不到卡利多爵士或特里斯坦爵士保护的妇女们，该把他当成卡利多爵士或特里斯坦爵士。在他眼里，萎缩发黄的双颊上，那些凋零已久的玫瑰依旧灿烂绽放。

他没结过婚，但在年轻的时候追求过美丽的苏珊·温斯坦利——克兰普顿的老温斯坦利的女儿——他们相恋不久，苏珊就去世了，这让他下定了终身不娶的决心。他告诉我，正是在他们为时不久的恋爱过程中，他有一天向恋人献去了大量彬彬有礼的赞辞——常见的殷勤话语——在那一天之前他还未见苏珊对那种赞辞表现出过反感——然而这一回却是劳而无功。他未能从她那里得到令自己快意的感谢回应，相反，她好像对他的称颂表现出十分气恼。他没理由认为苏珊小姐喜怒莫名，因为其惯常行止已超越了耍小性子的境界。第二天当发现她心情有所好转，他便壮起胆子指出她前一天里的冰冷表现，像往常一样她坦然承认，她并非厌倦他的关爱，她承认，她也可以听得进去某些夸夸其谈的赞美；处在她那个状况的年轻女性，有资格期望人家对自己各尽其能、出言客套、极尽讨好之能事；她承认，自己希望像其他青年女性一样，能够消受一定量的不失诚意的过奖言辞，而无狂妄自大之虞；然而她坦陈——就在他开始他那一套称颂之前——她于无意间，在背后听到他用非常粗暴的语言评述一位年轻姑娘，因为这位姑娘没有按预定的时间把他的围巾送到家，因而苏珊小姐自己思忖："因为我是苏珊·温斯坦利，一位年轻小姐——方圆闻名的美女，至尊至贵，人尽皆知——我可以有机会，从一位热恋着我的非常彬彬有礼的先生口中，听到最为彬彬有礼的赞辞——然而如果我是卑微的玛丽什么姑娘（说出织帽姑娘的名字），且没有按预定的时间把围巾送到家，尽管可能前一天晚上我赶织了半夜。那样的话，我还能得到什么样的赞美？女人的自尊助推着我，因而我想，如果仅是给我本人以如此殊遇，像我自己这样一位女性，就可能赚得人家毫不吝惜的赞辞。因此，我决计不接受任何彬彬有礼的赞辞美言，以免导致对那个性别的应得尊重大打折扣，毕竟附属于这个性别的一切是我最想得到的，也是最该拥有的。"

我想这位女士的这篇对情人的申斥言辞里，既见其胸襟开阔，也见其思考入理。有时候我在想象，我的朋友的非同寻常的修养与谦恭有礼的品德，在终生规约着他的举止行为，使他不分高低贵贱，平等地对待所有的女性，追根溯源，这要归功于他逝去的女友宣讲的这适时的、令人欣赏的一课。

我愿温斯坦利小姐所显示的这些理念与观点，能够在整个妇女阶层中产生共鸣，这样，我们就可以看到坚定如一的尊重妇女的精神实质，而不再目睹同一位男士的反常面目——对太太的中规中矩的真诚善待，对姐妹则冷漠、鄙视、粗鲁，对自己心爱的女人顶礼膜拜，对同样是女性的阿姨，或是不甚走运的——但依然是女性的——女仆表妹，则轻慢蔑视，瞧不到眼里。一个女人小瞧自己的性别，就相当于削减对女人的尊重，不管被小瞧的人处在什么地位——她的使女或靠她养活的人——从这个意义上讲，她自己也受到贬损。当年轻、美貌、优越等可与性别剥离的因素逐渐地失去吸引力的时候，她可能会感觉到那种缩减。女人应该要求恋爱中的，或结婚后的男人为她做的首要的事是——把她当作一个女人来尊重；接下来才是受到超乎其他所有女人之上的尊重。可否这样，让女性以女性的特性为根基，并立足于自身特性；让那些与个体喜好相伴随的关爱现象，成为不拘一格的漂亮的点缀与装饰吧——把主体结构点缀装饰得丰富多样、富于幻想、称心如愿。让她的第一课来自温柔贤良的苏珊·温斯坦利——尊敬她的性别。

餐前祷告

进餐时要祷告的风俗可能起源于狩猎时代，人类社会的早期，其时吃饭是幻乎无定的事，能得饱食一餐就不仅仅是普通寻常的恩赐！其时能一饱口腹是一种意外收获，很像天佑之得。食不果腹一段时间之后，听到热烈的欢呼声和得胜的凯歌声，想必说会有鹿肉或羊肉之类幸运的胜利果实被迎进家门，这其中或许就有了现代的祷告的萌芽。如其不然，人们为什么会独在食物之赐——摄食行为——之前附着特别的感恩言辞就不容易理解了，我们应当期望享受生活中其他多种多样的丰富赐赠和赏心悦事，此类感激幽静而深刻，殊异于餐前祷告。

不可否认，一天内，在吃饭之外另有二十个时刻，我同样该是愿意祷告的。要出门来一次惬意的溜达，来一次月下漫步，来一次友情融融的会晤，或解决了一个问题，都应该有一个感恩仪式。我们为什么不举行针对书籍，那些精神食物的感恩仪式，不在读弥尔顿前祷告，不在读莎士比亚前祷告，不在阅读《仙后》前因时制宜地做一番礼拜活动？然而已成定式的规矩，已规定了这么多礼仪形式专用于咀嚼吞咽，我的观察范围只得限于我所经历过的可以称其为感恩赐食的祷告，把我想要拓展的新的思考，委托给那部正由我的朋友编撰的祷告书吧，我的朋友专事人类研究，他编撰的祷告书是富有哲学、诗学或许还有异端气息之著，任我新的思考在那里寻一方生息之地，并由拉伯雷式的乌托邦基督徒们，在某一次典雅的集会时使用，不管他们齐集何处。

可以说餐前祝福的仪式，在穷人的餐桌上，或者在面对儿童们简朴而平静从容的食态、食物时会有一种美感，祷告正是在这种场合变得甚为高尚，贫穷者几乎不知道他在未来的一天里是否能有饭落肚，他能坐享自己的食物，当场就会带着一种蒙恩受赐的感觉，这是富有者几乎达不到的境况，除非受一些极端理论的影响，没有饭吃的概念是永远进不了富有者的大脑的，食物的本来的目的——肉体营养——他们很少考虑。贫穷者的面包是他赖以度日的面包，从文字上讲就是维持他活一天的面包，富有者的菜肴食物 年四季尽有着落。

依旧该说，最简朴的饮食似乎最宜于在享用前祷告，最不能刺激胃口的饮食最易于让大脑产生别的想法，一个人能吃到一餐简朴寻常的羊肉加萝卜，他会心生感激，是发自肺腑的感激，因而他会有暇思索吃饭的规矩和习俗。当面对鹿脯甲鱼时，他会认为规矩和习俗意味着大脑思维混乱，这与祷告的目的相违背。当我就位于（一位稀客）富人们摆满香气扑鼻的美味的汤羹和菜肴的餐桌，客人们因为自己要一尝为快的欲望和面对五花八门的种类而垂涎欲滴，我已感觉到介入那个礼节实在不合时令。带着狼吞虎咽的生理冲动，你要插入一个宗教祝愿显得背离主题，从流着口水的嘴里嘟哝出许多赞美之辞，意味着目标混乱，贪享口福的热望会浇灭做礼拜的纤纤弱焰。袅袅升起的焚香烟雾有异教之嫌，而贪食之徒又会因一己之私而将其阻断，只因所供远超所需，致使最终目的和过程手段之间的一切比例均衡之感被打破，恩赐者被他的恩赐之物所遮蔽，你报以感谢谈不上公正，你对此会大为震惊——什么原因？因为那么多人在挨饿，而你却享有太多，这相当于是在褒扬上帝的差错。

也许完全出于无意识，我观察到过一个常发表祷告的虔诚之士的能知能觉的尴尬。这尴尬见于牧师和其他人中间——一种丢人现眼——我见多个场景一并出现是在亵渎恩赐。庄重的礼拜的语气传播没几秒钟，发言人何其迅速，变调进入他的寻常声音！他自己或他的邻座就无所顾忌地吃起来了，好像是要消除某种让人不自在的虚伪做作的感觉，这不是说这位虔诚之士是个伪君子或者说他执行使命时用心不专，而是说他在内心深处感受到，摆在他面前的场景和美食，与恬淡理性的感恩活动不相协调。

我听到有人惊呼——你是想要基督徒们坐在餐桌上就像群猪聚到食槽前，全然忘记至高无上的恩赐者？非也！我愿他们落座就餐，像个基督徒的样子，记得起恩赐者，而不要像群猪竞食。我要说的是如果他们要放纵食欲，极口腹之娱而劫掠南北东西，饕餮美味佳肴，我倒宁愿他们把祝福推延到一个适当的、食欲略得平息的时间，到时候平静低缓的声音可以听得见，做祷告的理智得以恢复——但求胃口有所节制，盘馔不露铺张。暴饮暴食、贪嘴无度，不是做祷告的恰当时刻。我们读到过当耶书伦饭食充裕、身体富态的时候，他便开始生非。维吉尔笔下的昴星嘴里，根本没有感恩赐福之辞，这表明作者深知贪食鬼的本质，我们有幸能感觉到，有些食物比其别的食物更美味、更可口，尽管是一种浅薄鄙俗的幸运，然而祷告的本来宗旨是获取营养而不是享口腹之娱，是度日的面包而不是珍烹玉馔，是为维持生命而不为放纵肉胎皮囊。我想不明白，一位城市的牧师，在某个盛大宫廷宴会上发布他的祝福，能有什么样的镇定自若、心地坦然，因为他知道他最后的虔诚的结束语——毋庸置疑，他会在布道中说出那个神圣的名字——只不过是许多等不及了的贪食鬼们开始狂饮大嚼的信号而已，他们很少有感恩之心（这是指节食），跟维吉尔描摹的鸟身女怪没什么两样！如果主人家自己没有觉得他的礼拜蒙受云遮雾蔽，如果那些惶惶忽忽的诱人的酒肉的气息不至于混合并污染了圣洁的祭坛，那是再好不过了。

关于美食满桌、贪口无度的最犀利的讽刺，莫过于《复乐园》中撒旦在荒野里摆下的诱惑盛宴了——

> 丰盛的餐桌摆上了豪华的帝王气派，
> 碟盘叠架，肉供珍品，
> 美味人世之最，猎得走兽，捕获飞禽，
> 揉制，炙烤或烹煮的面糕，
> 香料蒸琥珀；海里鱼、岸边虾，应有尽有，
> 为捕得河流溪水里的族类，不惜枯竭，
> 庞图斯和鲁克连海湾以及非洲海岸。

我敢说引诱者本以为这多美食没有祝福祷告作引言，照样可以吃得下去，魔鬼做东的地方该是美食道道，礼仪短短，我想诗人恐怕在这里省却了他惯用的铺陈渲染。他是在想古罗

马的豪奢还是剑桥的一日俗丽？不得而知，这是一起更适于黑利阿加巴卢斯的诱惑。整个宴席风格太过奢华，烹饪太过讲究，与其他并行陈设一道，构成对那个深刻、凝练、神圣的场面的玷污。专事烹调的鬼精变幻出来的硕大有力的调味器具，与客人简单的需要和凡常的饥饿格格不入。搅扰了人家睡梦的人，应该从人家的梦中得到更有益的教诲，在忍着饥饿的圣子内敛而不放纵的幻想中，该摆出什么样的盛宴呢？他真的在梦想，——

欲望、胃口常常化作美梦，
梦想着有肉有酒，大自然美妙的恢复精力的赐赠。

但梦想着什么肉？——

他想着自己站在基立溪河边，
眼见只只大乌鸦用坚硬的尖嘴，
不分晨昏，把食物叼给以利亚；
乌鸦尽管贪嘴，但被告知不可动用叼送之食。
他也见，先知以利亚如何逃遁，
逃入沙漠，怎样入睡，
静卧在那里的杜松树下，接着看他怎么觉醒，
怎么发现他的晚餐在木炭火上烹制就绪，
天使唤他起来食用，
歇一阵后再次食用，

于是获得的力气足以支持四十天:

有时候他自己同以利亚分享吃喝,

或者应但以理之请,成为他座上之客。

弥尔顿关于这位神圣的饥饿人这多内敛而不放纵的梦想,可谓构思精巧,无以复加。你认为要介入可称得上感恩祷告的活动,这两个想象中的宴饮,哪一个最合时宜,最切题旨?

理论上讲我根本不反对祷告,但实际上我认为(尤其吃饭前),祷告似乎掺杂进了让人尴尬或敬非其时的感受。我们的欲望,不管是一类或是另一类都可以充分地刺激理智发挥作用,如其不然只靠理智来实现保持种群、维护繁衍的伟大目标就显得乏力。祷告乃合时而发的祝福,该与同它们相称的感激之情作同等思量,然而欲望驱驰的时刻(善于明辨的读者会理解我),也许是施行这一活动的最不适合的时机。教友会信众能比我们更平静稳重地进行他们的每一项事务,他们更有资格使用这些祝福,作为各项活动的引序。我总是很尊崇他们的默默祷告,大多是因为我曾观察到,他们对待紧随其后的吃饭喝酒的态度要比我们平缓理智。作为一个人群,他们既不贪嘴也不禁食,像一匹马吞咽切碎的干草那样,他们进食时表情平静,安详镇定,干脆利落,他们不会沾上油脂,也不会溅上污渍。当我看见一个人用围巾围着颈项,护着腹胸,我不能想象那会是教士的法袍。

吃东西的时候我算不得是教友会信徒。我承认,面对种类不同的食物我做不到表情平静,一块一块的油腻的鹿脯,不是用来让丝毫表露不出感恩激情的人恣意享用的,我鄙夷有人口吞鹿肉却装作不知其所食,这让我对他的高级品味产生怀疑。

遇到声称好吃牛犊肉末的人，我会本能地躲开，人的口味是会反映在个性风貌上的。C君认为，一个人若拒食苹果馅，则不会心地纯洁，我不很有把握，但他是对的。起初我对那些无损健康的美食全然不知，随着这种状况的逐渐褪逝，我对它们所表现出来的喜好也日渐淡弱，对整个蔬菜部落，我的狂热的喜好已失落殆尽，只对芦笋尚存留恋，似乎仍能激起我轻轻的念想。烹调拙劣会让我气急败坏，比如在晚饭时分到家，期待着要美餐一顿，结果发现那餐饭索然无味，难以下咽，何其恼恨也。黄油融化不够火候——那种厨下最常见的失手——就足以让我焦躁不宁，满腹沮丧。《漫游人》的作者，曾经常冲着他最喜欢的食物发出一种断断续续、像动物一样的声音，祷告之后紧跟着这样的音乐，能算十分得当吗？或者说虔诚之士该不该最好把自己的礼拜，推延到一个可以使他不乱方寸、思量恩赐的时间？我不想就任何人的口味争辩，也不想把自己瘦削的脸面，与寻欢作乐、灯红酒绿等他们眼中的赏心悦事对作。然而这些活动，不管多么值得颂扬，由于它们本身不带有多少高尚或优雅，所以一个人在试图要赞扬它们之前必须确信，在他一面装模作样做礼拜的时候，可不要暗中把手伸向某条硕大的鱼——他的大衮鱼王——他面前的特别供品，不是方舟，而是油腻斑斑的汤碗。对于天使和孩童们的一餐一饮，对于卡尔特教派的菜根宴和更为粗糙的饭食，对于贫贱者可怜的，但可怜兮兮不敢承认的粗茶淡饭而言，祷告是进食前甜蜜动人的序言。然而在酒足饭饱，奢侈无度，任美食堆叠的桌案前，祷告造就了极不协调的氛围。在我看来，这种时刻，正像孩子们在诺顿地方听到的故事里由猪演奏的那些调得比较和谐的风琴的噪音那样，既无时间的统一，也无曲调的吻合。我们落座就餐费时太久，研究食物太过细致讲究，狂吃海喝太不讲求规矩，对超出我们的份额的美食（该为大家共有）关注太多，享有欲太强，以至于我们不可能优雅地发布祷告。因为能超越应得、获利额外而心存感激，等于把虚伪叠加到不公正之上。正是这一公理的潜在意义，让大多数在餐桌上表演出来的恭敬，成为一种异常冰冷、缺乏神韵的仪式。在祈祷和护巾都不可或缺的人家，都遇到过那个从未解决的问题，即由谁来发布祈祷？这家谦恭的主人和前来拜访的牧师，或是另外某位年龄或影响力或许逊于牧师的客人，出于相互之尊重，要确定发布祈祷的人选，则你推我让，各自都甚是愿意把这项意义不很明确的仪式带来的尴尬负担，从他自己的肩上转移出去，这种情境谁不曾遇到？

有一次我与两位分属不同支派的卫斯理公会神学家一起喝茶，我甚感幸运，那天晚上由我介绍两位相互认识。首杯茶尚未斟满就绪，两位可敬的绅士中的一位，神情庄重，问另一位，他是否想说点儿什么。看来卫斯理公会的有些支派，惯有在这种茶点前也发布简短祷告的习俗，他这位可敬的教友兄弟起初不十分明白对方的意思，然而经过一番解释，几乎是同样的神情庄重，他回答说，他的教堂里不知有这样的习俗。鉴于这种彬彬有礼的托辞，也是出于礼貌，或者是需要迁就一位律条不严的教友兄弟，另一方就此默认，因而，那个补充祷告，或曰茶前祷告，就一并免除了。卢西恩可以描绘他那个教派的两位牧师，就供奉祭物，还是撤销祭物的问题，相互客客气气，推来推去，要把权益让予对方。与此同时，饥饿的上帝对自己受供的香火不很把握，期盼切切的鼻孔在两位祭师上方移来移去（像是脚踩两家船），最终吃不到晚餐而悻悻离开。讽刺家应当鼓足精神这样做。

在这样一些时刻，人们觉得简短的仪式不足以表达尊敬，而我担心一个复杂点的仪式则难免有不合时宜之虞了。我不十分赞同那种警句式的简明。昔日，当有人要求那位善于使用双关语的小丑（然而是我要好的学伴）C.V.L.发布祷告时，他总是追求这种简明。他先是调皮地瞥一眼餐桌，继而问道："有牧师在座吗？"然后煞有介事地补上一句，"谢谢上——"我认为，我们在学校时举行的老旧仪式也不很合时宜。在那样的仪式上，我们常常面对面包加奶酪那可怜的晚餐，说上一通序言，与那谦恭的祝福连接的是认可了恩赐与受益，此种认可，对宗教所必须启迪的想象而言，是最令人敬畏、最不可缺少的成分。但依然是行非其时。我记得我们曾面临一个窘境，一方面是"美妙的造化"这个词语，祝福总是以它为基础的，另一方面是丰盛的席面摆在面前，要让二者妥协一致，我们只得情愿把这个词语在低级的动物的意义上理解——直至有人想到一个传说，说是在耶稣的黄金时期，救济院里的年轻伙计们，倾向于在消夜的餐桌上供给热气腾腾的烤肉，直到有一位虔诚的赞助人——他思考的是孩子们衣帽整洁体面，而不是食无美味主张把肉食换成服装，于是发给我们长裤而不是羊肉。至今思之，仍惊悚莫名。

梦里子女，奇想一段

　　孩子们爱听长辈们童年时代的故事，以延伸他们自己的想象，对从未见过面的一位传统意义上的老爷爷、老奶奶形成一个概念。正是出于这种精神，前些天的一个晚上，我的小宝贝们围在我身旁，听我讲他们的曾祖奶奶菲尔德的故事。曾祖奶奶住在诺福克一所巨大的房子里（比他们和他们的爸爸住过的房子大一百倍），叙事民谣《林中稚童》中的悲惨事故就是发生在这所房子里的——至少人们普遍认为是在那一带乡下——小家伙们是新近才得知那些事故的。很清楚，人人看得到，稚童们和他们狠心的叔叔的整个故事，都被雕成生动的木刻镶在大厅里壁炉烟囱的外表上，故事全程讲到了帮他们覆盖尸骨的红胸脯知更鸟。后来一个傻瓜富人把原来的烟囱拆了，取而代之，又建起一座反映现代发明的大理石烟囱，上面不再有故事。听到这里，爱丽斯做出了一个表情，酷似她亲爱的妈妈，太过轻柔和善，算不得指责。然而我接着讲，他们的曾祖奶奶菲尔德是多么笃信宗教、多么虔诚善良，她虽然真算不上这所巨大的房子的女主人，仅仅是房主把房子托付给她打理而已，但大家都是十分敬重她，爱戴她（而从一定意义上说，她也可被称为房子的女主人）。房主人喜欢住在他在临近县治的一个地方新买到的更时尚的阔居，而即便这样，曾祖奶奶在这所房子里居住的姿态就好像房子是她自己的，在她的住期一直维护着这所巨大房屋的一定的尊严。后来房屋渐露老旧败落之态，几乎被拆除，它原有的装饰被一概剥下运走，到房主的那另一处房居再组装，让人怎么看怎么别扭，就好像有人要把他们新近在修道院见过的古墓迁走，并竖起在C妇人金碧辉煌又俗不可耐的居室里。故事讲到这里，约翰笑了笑，相当于在说："那么做可真傻。"我接着讲，曾祖奶奶去世的时候，住在方圆很多英里范围之内的所有贫穷人，也有一些绅士，成群结队地参加她的葬礼，吊唁她，向她表示敬意，因为她是如此一位笃信宗教、虔诚善良的女人。她实在虔诚，竟把《诗篇》里的所有篇目，对了，还有圣约书的大部分，熟记于心。听到这里，小爱丽斯摊开两手做吃惊状。而后我讲到他们的曾祖奶奶菲尔德曾是一个个头多么高挑、身材多么笔挺、志趣多么优雅的人，年轻的时候，是如何被人们赞誉为最出众的跳舞能手——听我这么说，爱丽斯小巧的右脚情不自禁地打着一种节奏，直到看我表情严肃，她的小脚才停了下来。我在讲，那个县里的最出众的舞蹈家，后来受一种被称作癌症的残酷的疾病袭击，病痛扭曲了她的面容；然而病痛从未使她笃定的精神弯曲，抑或是低头，她的精神依然是挺拔的，因为她虔诚善良、笃信宗教。接着我讲，她是怎么在这所巨大而孤单的房屋里的一间孤单的房间里，常常孤夜自眠，讲她多么确信亲眼见过两个婴孩的幽魂，午夜时分在离她睡觉的地方不远的宽大的楼梯扶手上滑上滑下。但她说，那两个天真无邪的精灵是不会伤害她的；我又讲，我那时尽管让侍女伴睡，还常是如何惊恐不安，因为说到虔诚善良、笃信宗教，我连她的一半也从未达到过——不过我也从未见过那两个婴孩。听到这里，约翰舒开他的眉毛，努力做出勇敢的样子。后来我告诉他们，曾祖奶奶如何善待她所有的孙子，假日期间，她把我们齐集到这所巨大的房子里，尤其是我，常在这里一个人凝望着十二位曾做过罗马皇帝的凯撒大帝的古旧的雕像，我注目良久，直到古旧的大理石头颅眼看着似乎活了起来，或者我也被变作跟他们一样的大理石。这所巨型豪宅，房间宽敞，空阔大气，帷幕垂垂，磨痕斑斑，挂毯飘逸，有橡木壁板，雕饰栩栩，剥落的镀金层，只所见依稀，我闲步其间是何等的悠悠自得，终日不倦。有些时候，除非间或邂逅一位独往独来的花匠，几乎只有我自己待在这古色古香、空旷开阔的花园里——油桃和桃子挂满墙头，多么诱人，而我从不擅摘，因为除了个别情况，它们都算是禁果。也是因为我的更大的乐趣，在于徜徉在看似凝重沉郁的紫杉树或冷杉树中间，信手采撷红浆果、冷杉果，这许多更无他用，而观赏时则美不胜收的果实——或者在于随意躺在清新的草地上，周围是花园里诸般香气缭绕；或者在于在橘子棚里晒太阳，直到我自己开始幻想，我也在那醉人的暖热之乡与橘子一道长熟；或者在于观赏花园尽头的鱼池里雅罗鱼窜来窜去，它们随处都可遇到巨型的长矛，不声不响，冷光闪闪，悬在水中央，像是在嘲讽它们不识时务的跳跃。我能从这一切匆匆而闲适的消遣中得到的乐趣，远比从桃子、油桃、橘子那四溢的香甜中得到的乐趣要多，尽管这些东西是惯常用于吸引孩子的各样诱饵。听到这里，约翰诡秘地把一串葡萄放回盘子里，爱丽斯也看见这串葡萄了，所以约翰思谋着要与她平分，到这时候他俩看来都愿意放弃葡萄，因为这与听故事不相干。后来我略略加强语气给他们讲，尽管他们的曾祖奶奶菲尔德疼爱她所有的孙儿孙女，然而可以说她尤其喜欢他们的伯父约翰·L，因为他是个英俊潇洒、活力四射的后生，是我们其余孙辈中的人尖，不像我们有的人那样在孤孤单单的角落里闲游晃荡。约翰常跨上他能找到的最倔强的，与他们这些顽童一样捣蛋顽皮的马驹，让马驹驮上他，用一个早上的时间跑遍那个县区的一大半。如有猎人出猎，他会加入其中，但他也喜欢这巨大的老宅与花园，只是精力旺盛，不想把自己老是关在宅子和花园里。我给他们讲，他们的伯父长大成人，怎么开创产业，智勇皆备，人人仰慕，尤其他们的曾祖奶奶菲尔德对他最是赞赏，当我是个跛脚孩子的时候，由于脚疼走不得路，他常常背着我——因为他大我好几岁——一走就是许多英里；可是到了后来，他也变成了跛脚，当他烦躁不安，又疼痛难耐的时候，（我担心）我总是不够体谅他，至于他在我跛脚的时候对我是多么善解疾苦、体贴入微则更所记无多。我讲到，当他死去的时候，尽管生命停息不足一个小时，可给人的感觉像是过了好长时间，生死之隔已产生了非常大的距离，起初我以为我是完全可以承受得住他的死亡的，但后来他的死总是困扰着我。尽管我想，如果是我死了，他必然会哭号或悲闷，而我并没有像有些人那样，泪眼涟涟，或是悲闷郁郁，而不能释怀，但我还是整天在思念他，而只有到了那个时候，我才明白我是多么爱戴他。我思念他的和蔼可亲，我思念他的怒形于色，我宁愿他能重返人间，好与他争吵（因为有时候我们也争吵），而不愿他音容不再。我失去他，两个孩子可怜的伯父，让我心神不安，就像他让医生卸去手足时的滋味一样。故事讲到这里，孩子们痛哭流涕、悲伤难禁，他们问我，他们佩戴的小小挽纱是否就是为了哀悼约翰伯父。接着，他们抬起头，祈求我不要再讲他们的伯父的故事，转而讲他们死去的美丽的妈妈的故事。顺着话头我讲给他们，我怎样用了漫漫七年时间追求风姿绰约的爱丽斯·温小姐，其间时而满怀希望，时而深陷绝望，但从不言放弃，我依据他们的理解水平向他们解释了含羞、犯难、婉拒等，对少女而言意味着什么。蓦然间我转向爱丽斯，透过她的眼睛，身为母亲的那位爱丽斯的灵魂在向外看世界，眼神逼真如是，让我疑惑站在我面前的究竟该是哪一位，那闪闪发亮的秀发长在谁的头上。而就在我注目凝望的时候，两个孩子在我的视线中渐变渐弱，渐行渐远，渐退渐模糊，直到最后只能看见，在迢迢茫茫的远处，有两尊凄凄切切的影子的轮廓，不言不语，却离奇地给我印上这些话的效果："我们不是爱丽斯的孩子，也不是你的孩子，我们根本就不是孩子，爱丽斯的孩子称巴特姆为爸爸。我们不是孩子，我们什么也不是，我们只是梦幻，我们只仿佛是冥冥之中的存在，必须在忘川之畔，静静等待数百万年之后，才可能成为生命，拥有名姓。"接着我恍然觉醒，发现自己静静地坐在单身汉的扶椅里，我在那里睡着了，忠实的布里奇特，一如既往，在我身旁——但约翰·L（或者叫詹姆斯·伊利亚）永远离去了。

扫烟囱的孩子赞

　　能遇上一位扫烟囱的小孩子很是让我欢喜——要懂得我的意思——不是成年的扫烟囱人。有了点年纪的扫烟囱人对人们根本没有吸引力了，而那些稚气未脱的新手，脸颊上尚残存着母亲替他们擦洗的痕迹，稚嫩的年华透过首次的行动染上的黑色，含苞欲放——这样的扫烟囱手于黎明时分甚至更早就开始招揽生意，他们柔弱的职业吆喝声听来很像小麻雀的鸣啼，或者说他们常在日出之前向高空攀爬，我可不可以说他们更像早起的云雀呢？

　　对这些灰暗的小子、褴褛的顽童、天真的黑色淘气包，我心怀慈念，情有独钟。

　　我崇敬这些在我们的国家土生土长的非洲少年，这些形象几乎就是牧师的捣蛋鬼。他们穿起他们的黑袍，不事矫饰遮掩，在十二月清晨刺骨的寒风里，从他们的小小的布道台上（烟囱的顶端）向人们宣讲关于善待人类的功课。

　　当你是个孩子的时候，目睹他们工作是多么神秘的一大乐事！看一个与自己一样年幼的孩子，不知用什么法子，爬进样子很像地狱的入口的洞子——在想象里追赶着他，摸摸索索，跌跌撞撞，穿行在这么黑暗憋闷的洞穴里，让人毛骨悚然！

"看来他是毫无疑问要永远消失了！"想到这个就不由得战栗——听见他发现白天的光芒时发出微弱的呼叫声，你又活跃了起来。接着（哦，满怀喜悦）跑出门外，正好赶上那黑色的幽灵平安出现在你眼前，他的工具，他值得炫耀的武器，挥舞着，就像攻城略地凯旋后的旗帜！我似乎还记得有人告诉我，有一次一个干得不好的小子被跟他的刷子一起留在烟洞里，令其指示风向。当然了，那可是一种可怖的景象，这跟《麦克白斯》里古老的舞台解说词非常相像："一个孩子的幽魂出现了，头戴王冠，手执树权。"

读者阁下，在你早起散步的时候，如果碰上这么一位小孩童，行行善，施舍他一个便士——慷慨解囊施舍他两个便士算你大发慈悲。如果遇上严寒，这个艰难行当里本来就辛酸累累，再叠加上一对冻疮化脓的脚跟（这是十分常见的伴生现象），如此则对你的人道热肠的要求就少不得要提升到六便士了。

有一种混合物，据我所知，它的主要成分是一种被称为黄樟的能散发香味的木料，这种木料久煮而为茶，加入牛奶和糖，口感细腻，在有些品家看来，竟胜似中国茶。我不晓得你的味觉会怎么欣赏它，就我本人来说，尽管精明能干的里德先生从遥远得记不起开始的时间，就在舰队街南侧靠近大桥路开着一爿茶馆（他断言那是伦敦唯一一家），叫卖这种"延年益寿，包君满意的饮品"——唯一的萨露普汤茶屋——但纵有他的极力推荐，我是从来没有冒冒失失，把自己的嘴唇伸进盛有这种混合饮料的茶盆里过的——我想表现得不失风度，而我的嗅觉却在不停地小心翼翼地低声预诫着我，我的胃会毫不含糊地拒绝这种饮品。然而我还是见过有人顾不得饮食口味高雅与否，贪婪放肆地把这种东西吞进肚去。

我不知道他们的器官构造有什么特别之处，但我总是发觉这种混合物能给幼小的扫烟囱手的味觉带来惊人的满足——是因为其中的油腻的颗粒（黄樟微有油性）真的能够稀释或软化烟灰的结块，有时候（在尸检中）可以发现这些幼年学徒的口腔顶部黏附着这样的结块，还是因为造化已经感觉到她在这些新生的受害者的命运里混合进了过多的苦味木料，是她特意让大地生长出味甘的黄樟聊充缓解之剂——但事实就是这样子，给这些幼小的扫烟囱手造成的感觉，是这种混合物能带给他们的妙不可言的兴奋远远大于任何别的可能让他们享受到的什么美味或什么芬芳。他们身无分文，但如有机会，仍然要把黑色的脑袋浮悬在煮茶时那袅袅升腾的蒸汽里嗅一嗅气味，以放纵自己的感官，看样子其快乐不亚于那些家养的动物——比如猫——当这样一些动物新近发现一处缬草枝就会蹲在上面，悠然自得，打起呼噜。物类的这些相通之处，就是用哲学原理可能也解释不清楚。

不过，尽管里德先生并非完全没有道理地吹嘘他的茶屋是唯一的卖萨露普汤的地方，然而读者阁下，你应当清楚——如果你不是一个一直保持着所谓早睡早起习惯的人，你可能对真相有所不知——里德先生是有一帮勤劳朴实的仿效者的，在黎明前的那段死寂的时间里，这帮人有的从铺棚里，有的干脆在露天，向褐衣麻鞋的顾客们兜售着相同气味的茶汤，正是在这个时间（两个极端遇到一起），一面是夜不归宿的浪子夜半醉酒，摇摇晃晃朝家里走，另一面是粗手粗脚的工匠从床上爬起来，笨鸟先飞，接手做他这一天该干的活计，两相挤撞争占上风，往往受窘迫的明显是前者。到了夏天，也正是在这个时候，在厨房里前一天的余烬全息，而后一天须重新点火的空当之间，我们的美丽都市的巢穴里释放出它们最令人作呕的气味。夜不归宿的浪子热望着来一杯咖啡，驱走他一夜间放浪形骸的晦气，他一边走一边咒骂着这讨厌的茶汤的气味，但工匠却要停下脚步，不无感激地品味那香气喷发的早茶。

这就是萨露普汤——清早赶市的卖花女喜爱的茶汤——让早起的，必须在天亮前把蒸汽腾腾的卷心菜从哈默史密斯运往闻名遐迩的科弗特菜市场的园丁感到欣喜——欣喜，可是哦！我担心这常常使身无分文的幼小的扫烟囱人感到忌妒。或许你会碰巧遇上这么一位，他昏黑的脸蛋悬浮在蒸汽里，闻味解馋，你该施舍以华丽的茶盆（这会花掉你一个半便士），好叫他过把瘾，再给他一片涂上黄油的薄薄的面包（再花掉你半便士）。这样一来，由于你好客过滥导致的过多凝集的烟灰，便可以由他清除，你的炉灶将会烟柱冲天、火势旺盛；这样一来，从天而降的烟灰的碎片，就不会再污脏你成本昂贵、配方考究的羹汤，也不会再有穿街越巷飞速传播的烟囱着火的呼救声，让人闻声而色变。呼救声会从邻近地方招来灭火车辆，慌慌忙忙，铿锵作响，这全是因为不经意的星火点着了烟灰，打破的是你的宁静，也打破你的钱囊。

我本人生来对街巷市井的当众无礼行为极为敏感，市侩村夫的嘲弄与奚落，眼见一位绅士走路跌跤或袜子溅水，他们表现出的幸灾乐祸的胜利相，叫人自在不得。然而幼小的扫烟囱人拿我取笑，我却能受得，这样的包容就不仅仅是宽恕所能概括得了了。前年冬天，我像往常一样风风火火沿着奇普赛德大街向西赶路，忽然间，一跤滑得我四体朝天，狼狈不堪。我忍着痛爬起来，觉得丢尽了脸面，但在表面上，我竭力装得勇敢，就像什么事也没有发生。恰在这个时候，我让这么一个小鬼给迎头撞上了，他龇牙咧嘴，散射出捣蛋的微笑。他站在那里用黑乎乎的手指把我指给他的同伙看，特别指给一个可怜兮兮的女人看（我怀疑那女人是他的母亲），直到这无以复加的乐趣（他是这么认为的）在他可怜的红色的眼角上放肆地催发出了泪珠。他的眼睛红了，是因为以前太多的哭泣和烟灰太多的刺激所致，然而于孤苦伶仃中寻得这种欢乐，他那对血红的眼睛一直闪闪发亮，甚至连霍加斯——不过霍加斯在他的油画《向芬琪莱的游行》里，已经画上了扫烟囱的小男孩（霍加斯怎么会落下他呢）在咧着嘴冲着卖烧饼的小贩傻笑。眼前这小鬼站在那里像是站在画中，画面凝固了，好像这场戏谑就这么永久持续下去。他的欢笑中最多有的是寻开心，最少有的是恶作剧，因为一个真正的扫烟囱的孩子的笑里是绝不怀藏恶意的，如果绅士的美名失得起这个脸面，我待在那里充当他的笑柄，蒙受他的嘲弄直到午夜，我也是心甘情愿的。

理性地讲，我对被人称作皓齿的那副人体部件的诱惑无动于衷。每一对粉红的嘴唇（请妇人太太们原谅我）就是一只盒子，肯定地说，里面都装着这样的珠宝，但在我看来，人们还是应避免露富，尽量少"卖弄"这些东西。风姿绰约的贵妇人或是风流倜傥的阔少爷向我袒露他们的牙齿等于向我袒露他们的白骨。然而我得承认，从一位真正的扫烟囱的孩子的嘴里露出的（哪怕是刻意炫耀）那些洁白如雪、晶莹如玉的牙齿给我的印象则是，举动反常但后果不坏，行止不得体，属纨绔之气，但可以容忍。这种气息好比是——

一朵乌云，
在黑夜里把它银白色的缘沿翻开。

它像是尚未灭绝的贵族遗风的部分残存，一种上流社会的身份暗示——毫无疑问，在幽幽昏昏和两重黑夜的悲惨遮蔽之下，他们身上往往潜藏着源自失散的族系和中断的家世的优良血统和贵族身份。我在疑心，这些尚未成年的受害人过早地承担苦力，学扫烟囱，这极大地助长了秘密绑架甚至拐卖儿童的劣行；从这些稚嫩的苗裔身上发现（否则无法解释）讲文雅有教养的印记，是很常有的事，这显然暗示着某些强制性的收养；即使到了我们的时代，许多尊贵的蕾切尔们为她们丢失的孩子大为伤恸，也能证明这样的事实；神女精灵带走孩子的故事传说，可能会隐隐约约指涉悲切的真相，小蒙塔古失而复得仅仅是众多丧失儿子的事例中唯有的幸运一例，其余一概解救无望。

几年前在阿伦德尔城堡，一个扫烟囱的小孩失踪了，人们想尽一切办法寻找未果，到了正午人们无意间发现他在一处豪华的卧榻上面酣睡。他睡在公爵的华盖之下（霍华德家族的那座宅邸，主要因为它奢华的床铺而使游人好奇，把它当作游览目标，更兼已故的公爵大人尤其在行于鉴别床帐），精美的红色帷幔围垂于床四周，帷幔上织上去的王冠若群星璀璨。小孩子被夹裹在两块被单中间，那被单比维纳斯催眠阿斯卡尼俄斯时使用的还要洁白柔软。小东西不知怎么搞的，在那些盛气凌人的烟囱的盘根错节的烟道之间迷失了自己的途径，从某个鲜为人知的夹缝里摸索下来进入这间金碧辉煌的屋子，一路乏味的探险搞得他精疲力竭，眼见那里摆设妥帖的床铺，他抵不住令他神往的睡一觉的诱惑，于是悄然钻进两块被单中间，把他乌黑的蓬头搁到枕上，像一个小霍华德一样静静地睡去。

　　故事是这样讲给前来参观城堡的游客听的，然而我似乎禁不住要把它理解为我以上暗示过的事实的一个确证。如果我没有搞错，这个事例中，一种上层社会的本能习性在发生作用。那个样子的一类穷孩子，肯定会有人给他讲，那样做要受到严厉的惩罚。在这种情况下，不管什么程度的困倦向他袭来，他都会胆大包天揭开公爵的床铺，泰然自若地钻进两块被单中间睡起觉来，这种事可能吗？况且旁边有毛毯，地上有地毯，这明明白白摆就的床铺已经远在他的奢望之上了。我要问，如果不是我在这里坚信的本能的巨大力量从孩子的潜意识中表现出来，促成这种贸然行动，这样的事可能发生吗？毫无疑问，这位出身高贵的孩子（我的心智告诉我他一定出身豪门）受到他幼年时期的某种记忆的诱引，尽管记忆淡去，已上升不到意识层面，但他还是能隐约想起，昔日常常由他的母亲或是他的护士，把他包裹在他恰好在公爵的床上看到的这样的被单里，他爬进去只不过是爬回他自己的襁褓，爬回他自己的栖处。我的看法是，这是一种先验状态（我想这样称谓它），除此之外，我找不到别的理论来解释这位幼小柔弱但有违情理的瞌睡虫如此大胆，而事实上在任何情况下都是如此没有修养的一个举动。

我的朋友詹姆斯·怀特生性乐善好施，他相信且不愿忘怀，这一类命运舛变经常发生。为了在一定程度上补偿天道带给这些惨遭偷梁换柱之变的不幸儿童的冤屈，他每年为扫烟囱的孩子们策划一次盛宴，到了这时间他十分乐意既当主办人又当服务生。这是一年一度举办圣巴塞洛缪集市的时候，在史密斯菲尔德进行的一次隆重的晚宴。提前一星期要印制卡片，分发到都城的市内及市郊的扫烟囱工头，限定只邀请他们的幼苗。时不时地也有年龄大一点的后生混入我们的行列，我们也不怀恶意地睁只眼闭只眼让他蒙混，但我们的主力还是儿童队伍。有一个真正的倒霉蛋，凭借一身颜色黑乎乎的服装竟自闯入我们这个团体，然而苍天有眼，依据种种迹象我们及时发现他不是扫烟囱人（看上去黑乎乎的东西不一定都是烟灰），这引起了公愤，他被赶了出去，不穿礼服就不得参加婚宴，但总体上讲，场面是以最大程度的和谐为主。我们选择的地点在集市北边的畜棚间一处非常方便的地方，不很偏远，足以使我们感受得到集市里传出来的令人愉悦的喧哗与骚动，但还是有一定距离，不至于裸露在众目之下，以至于受到集市里个个伸长脖子看热闹的人们的搅扰。客人们约莫七点钟到齐。在那些地方不大的临时客厅里，摆三张桌子，上覆不很细密但很结实耐用的桌布，每桌上都有一位其貌不扬的女人主持餐政，她的锅里煎着咝咝作响的香肠。小鬼们大张鼻孔呼吸着味气。詹姆斯·怀特作为首席服务生掌管第一桌，我本人和我们值得信赖的盟友比戈德通常掌管的是另外两桌。你足可确信，关于谁该坐在第一桌，客人之间常有拥挤、争抢、碰撞的场面，因为即便在罗切斯特最走红的时期，也不见得比我的朋友更加精神抖

113

擞地表演出场景里的幽默。惯例式地表达过对众人赏光莅临的谢意之后，他的就职仪式便是拥紧老女佣厄休拉（三位餐政主持人中最胖的一位）肥得发腻的腰身，在她纯洁的双唇上印上轻轻的致敬一吻。厄休拉老太婆一边炸食物一边发牢骚，半是赞扬半是咒骂地口称"这位绅士"。这当儿全场爆发出能震裂苍穹的欢呼声，数百颗由于裂开嘴巴而裸露的牙齿闪闪发亮，能让黑夜为之一惊。哦，看着这些被染得黑黝黝的少年舐食油腻的肉，听着我朋友更加油腻的话语，叫人好开心。你看他怎样把小块美味塞进小一点的嘴巴，把稍长一点的香肠段留给稍大一点的孩子；看他怎样简直是从某个幼小的不顾一切、狼吞虎咽的双颚间夺下一块肉，宣称"它应该重新回锅，煎成棕黄色，因为这个样子不配让一位绅士享用"；看他怎样建议，让稚嫩的孩子吃下这一块白色面包或那一块夹层饼屑，规诫他们所有人切忌崩坏了牙齿，那可是他们继承到的最珍贵的遗产；看他怎样故作高雅地拿出喝高级葡萄酒的派头呷上一点点淡味啤酒，他一边倒酒一边报出酿酒商的名号并来一通抱怨，说如果酒品不好酿酒商就会失去他们的惠顾，还特别关照提醒喝酒前要擦干嘴唇。接下来我们举杯祝酒——祝"国王陛下，"祝"黑袍长者"，这些名堂不管小家伙们懂还是不懂，都同样让人兴高采烈，悠然自得；领略一番至高无上、不可缺失的情感体验，"愿和平的毛刷胜过武力的争夺！"他讲出所有这一切和五十项其他幻想，他的客人们对此与其说是能够理解，毋宁说是可以感受。他站在桌前，发布的每一种情感体验总要以"先生们，请允许我提议什么什么"来开头，这对那些年幼的孤儿们可是莫大的安慰。他时不时地不加区分，不做选择（因

为在这样的时刻挑挑拣拣实在不合情理），把散发着怪味的片
片香肠硬塞进自己的嘴里，这样做让他们非常高兴。你可以相
信，这是这场联谊活动最让人欢快，最有趣味的部分——

　　黄金般的少年，娇艳的姑娘，
　　尽归尘土，跟扫烟囱的没有两样。

　　詹姆斯·怀特已不在人世，这一类晚宴也随着他的逝去而
停办已久。在他离开人世的时候他随身带走了人世间一半的快
乐——至少对我的世界是这样。昔日的蒙恩顾主们在畜棚间寻
觅他的身影，他们思念着他，指责着圣巴塞洛缪节日面目全非
的状况，史密斯菲尔德的荣耀一去不复返了。

光棍汉抗议已婚人的所作所为

作为一个独身者，我已经花费了不少的时间记录结了婚的人们的诸多弱点以求得自我安慰。据他们讲，如果我一意孤行，独身一世，我会失掉那许多高级的乐趣。

我不能说男子汉们和他们的妻子们发生过的争吵给我留下过不可磨灭的印象，或者说这许多争吵，非常有力地促使我坚持那些有悖社会情理的独身决定而不动摇，这个决定我在很久以前就做出了，我也是基于更有意义的思考。最惯常让我气恼的是一种性质殊然的错失——就是说他们相爱太甚。

也不好说是相爱太甚，这没有把我的意思表达清楚。况且，那与我何恼之有？事实是他们把自己从世界的其他一切分离出来，以便更全面地享受互相之间的交往，正是这种情况，意味着他们相互倾心偏爱，胜过喜爱整个世界。

但我要抗议的是他们把这种偏爱表现得无遮无拦，竟当着我们单身人士的面得意扬扬、粗鲁无礼、把偏爱显摆。他们利用某些间接暗示或公然表白，使你凡是与他们在一起时，无时无刻不觉得你不属于这种偏爱的对象。实际上，有些事，当只见于潜藏含义，或被认为理固当然的时候，是不会导致不愉快的，但如果表达出来，其中的不愉快则为患不浅。如果一位男士冲着他第一次认识的、相貌平庸、衣着土气的年轻女子，直言不讳地对人家讲她不够端庄，不够富有，因而他是不想娶她为妻的，那位男士是理应因他的粗俗无礼而大受鞭挞的，但如果他有办法得到机会与她晤面，而又觉得不宜向她求婚，这样做蕴含的意义与前面直言不讳的意义毫无差别。这位年轻女子定能清楚明了地理解这个现实，与她得到言语明示没什么两样，而任何大脑正常的年轻女子都不会以此为由，与他人争辩。这个道理就像一对已婚夫妇，用不着说出言语，且摆出明确程度毫不亚于言语的表情来告诉我，我不是那位幸福的人——不是这位妻子的如意郎君。我知道我不是她的选择，这就够了，我不需要这样没完没了的提醒。

夸耀见闻超越别人或财富超越别人，会让人家觉得备受羞辱，但这些羞辱还是能有缓和的，让我受辱发窘的见闻会让我无意间获得进益，置身富人的房屋及佳景里——他的园林和花圃中，我至少可以临时欣赏它们，然而夸耀结婚的幸福，是根本不可能有这些缓和的，它完全是纯粹的、无可补救的、不折不扣的污辱。

婚姻，归根到底是垄断，是一种最能激起怨愤的垄断。大多数享有独家特权的人，会尽可能把他们的优越之处隐匿于大众视野之外，以便使他们的不太走运的邻居们看不到他们有什么强人之处，或许就不十分在意这优越权益的合理性，这是特权享有人的精明之处。然而这些婚姻的垄断者们，是把他们的专利的最可憎恨的部分放肆地摆在我们面前的。

对我来说，没有什么比新婚的一对儿的面部表情里散射出的那种完全是自鸣得意、自我陶醉的神情更让我反感的了，尤其是那位女士的脸色：它是在告诉你，她的命运已经被这个人安置妥帖，你对她不该有什么指望了。我不指望什么，这倒是真的，或许我本来就不该有什么企求，但这属于我前面说过的应当被视为理固当然的情形之一，无须表达出来。

那些人自己表现出来的不可一世的派头，是以他们对我们未婚人士的全然不了解为基础的，如果缺乏理性，他们的那些派头会愈加惹人生厌。因为我们没有那么幸运，做不到断绝与他人交往，但我们会允许他们把属于他们自己的小天小地里的那些奥秘透彻了解，胜过我们，然而他们妄自尊大，不守分于他们的小天小地的阈限之内。如果一个单身汉想要当着他们表达自己的意见，哪怕这个意见是针对一个无关紧要的话题，他也会被当作能力不及的人而即刻遭到制止。这不，我认识一位结了婚的年轻女子，最为好笑，这位千金自己的单身状态改变不超过两星期，在讨论为伦敦市场养殖牡蛎的最适宜模式这个问题时，我非常不幸与她意见相左，她竟刚愎自用，不无讥讽地发问——像我这样一个老光棍，怎么可以拿腔作势，懂得这一类事体的机理所在！

不过到现在为止我说了这许多，一般地讲她们都要生孩子的，我还没有涉及这些人生了孩子后表现出来的那种架势。我在想孩子压根儿就算不上有多么稀罕——每一条街道，甚至死胡同里，到处都是孩子——最贫穷的人们往往最不缺的就是孩子，很少有未被赐予心肝宝贝的婚姻，至少一个。曾几何时，孩子不成器，挫败他们的父母满怀信心的期待，走上邪路，最终以贫穷、耻辱、绞架等告终。我是一辈子也弄不明白，生儿育女会有什么理由可以让人骄傲。如果孩子们是小凤凰，真是一年只生一个，那也许是个借口，但当他们太过普通——

在这样一些时刻，她们和她们的丈夫共同表现出的那种居功自傲的神气，我不说也罢，就让她们坚持那样做吧。但我们不是生来就该受他们辖制的人，我们为什么要贡奉我们的香料、没药、燃香——我们表示钦佩的恭祝和敬意——我弄不明白。

"婴儿之出生犹巨人手中之箭，辄伺机而发。"专为妇人安产而做感恩礼拜所使用的祈祷书中，有一句绝好的祈祷词是这样讲的。我该续一句："矢箭装满壶者，幸也。"但接着要说，别让他把箭镞射向我们这些手无寸铁的人们——就把孩子们当成箭，但莫叫他们擦伤且刺痛我们。我平常已经观察到这些箭都是双头的，它们分作两叉，这一头或另一头肯定能射中的。举一个例子，你走进 处遍遍是孩子的房屋，假如你碰巧没理会他们（也许你在思考别的什么内容，对他们的天真的关切之声充耳不闻），你会被看成一个不好打交道、缺乏人味、不喜欢孩子的人。另一方面，假如你发现他们远比寻常逗人喜爱，假如你被他们活泼可爱的玩态吸引，迫不及待地要开始与他们嬉闹玩耍，有人肯定会找到这样那样的借口，诸如他们太过喧嚷吵闹或粗鲁无礼，或者某某先生不喜欢孩子等，总之要把他们从房间里支开。不管是这一叉还是另一叉，毫无疑问，箭都会射中你。

我可以原谅她们的小心眼，如果她们不痛快，我也就避免与她们的崽子们戏要。但我认为找不出什么机会，又要要求人家去爱孩子，这是没有道理的。要爱全家，或许是八口、九口、十口之家，不分彼此，不留例外；要爱所有的可爱的小宝贝们，因为孩子们是如此惹人喜爱！

我知道有句谚语："喜欢我，就该喜欢我的狗。"那未必总是很符合实际，尤其是如果这条狗跑来惹你烦恼，或者嬉闹中猛然咬你一下子。但一条狗，或比狗更轻更贱的物件——任何一件没有生命、仅为留念的藏品，一块表，或一枚戒指，一棵树，或上次我们分手的地方，我的朋友从这个地方辞我而去，久未晤面。我可以转而喜欢这些东西，因为我喜欢我的朋友，喜欢能让我想起他的任何物品，只要这件物品本质上没什么倾向，足可承荷想象所能赋予它的任何一种色调。然而孩子们有真实的个性，他们本身是基本的生命存在：他们本身或者可爱，或者可憎，我必须或者喜欢他们，或者憎恶他们，因为我清楚，其品质之中自有令人爱憎的理由。孩子的本质事关重大，不容人们仅把他当作另外一个生命体的附寄物，从而由人们对寄主的好恶而确定对他的好恶；他们跟成年男人、成年妇女一样，与我共存于世，具备自己的性格及价值。啊！你可能会说，毫无疑问它是一个惹人怜爱的年龄——稚稚嫩嫩的婴儿年月，这本身不就让我们着迷吗？正是这个原因，我才对孩子们多有苛求挑剔，我知道，即便是包括那些养育他们的娇颜佳丽，天真烂漫的孩子仍旧是自然界最可动人的。但一类事物越是美丽可爱，它就越需要有赢人之处。一棵雏菊，其色彩之艳丽不输于另一棵，但若是紫罗兰，则其色、其香当为百花之冠——我总是对我遇见的妇女儿童要求很高。

然而最糟糕处还不在这里：一个人至少先必须被接纳到他们熟悉的圈子里，他们才可能抱怨备受怠慢，这意味着屡番走访和某种交往，但如果这位丈夫在结婚前是与你相与甚笃、交情牢靠的人——如果你不是从妻子一边进入交往——如果你不是步妻子的裙裾，蹑手蹑脚，潜入这个家庭，而是一个早在有人推测他们彼此求爱之前，就已经与这位丈夫过从甚密、关系久远的老友，前后左右需要留心，你的友谊靠不住了，再待十二个月的时间从你头上碾过，你会发现你的老朋友逐渐对你热情降减，态度改变，最终竟会找碴子摆脱你。我所相熟的意气相投、彼此信赖的朋友，几乎都在结婚以后，婚姻延续一段，才开始建立友谊。这种友情她们可以有条件容忍，但男主人胆敢不请示她们，擅自与人庄重严肃地交友结盟，哪怕这样的事发生在她们与他认识之前，发生在现今做了夫妻的两位相遇之前，这也是她们断然忍受不了的。每一项历时长久的友情，每一项老旧可信的交情，必须向她们明示，经她们认可，由她们重新标记，方可通行，就好比一位新近登基的王储，下令收集他出生前或人们想起他之前，某位当政者治下铸造的老旧却仍然好用的钱币，重新标记，重新炼铸，一律烙上他的王权印记，然后他才准许在世间流通。你可以猜想，在这多新的炼铸过程中，一般会有什么样的运气降临到一块像我这样的锈迹斑斑的金属片上。

她们用来污辱你，密谋让你失去她们的丈夫的信赖的办法不胜枚举，其中之一就是以大惊小怪的神气，嘲笑你说出的每一句话，好像你是个离奇古怪之徒，可以讲出一些趣闻趣事，但却是异类一个；为了这个目的她们用特殊的办法瞪大眼睛，直到最后，虽然这位丈夫昔日因为观察到过（不失典雅），且确信你平常定然具备大家共同的品质，所以他不是匆忙草率对你作出判别，而是超越某些理解和风俗方面的阻障，但是现在他开始怀疑，你是否是一个有幽默感的人—— 一个优秀的伙计，可以在单身年月里常相结伴，但不太适于介绍给女士们。这个办法可称之为瞪大眼睛法，是一种被她们最常使用来对付我的办法。

接下来有一种夸大法或称反讽法，就是说当她们发现你是她们的丈夫特别看重的人，由于丈夫对你深怀敬重，建立在这个基础上的历时长久的依属感，也就不是很容易清除，于是她们便用不加修饰的夸张，叫嚷出所有你说过的话、做过的事。男主人很清楚，做这一切都是为了恭维他自己，这的确直白率真，但唠叨过多却会使他不觉感激，反觉厌倦，在男主人那里把你看觑得放松了，原先的热心一减再减，最终敬重降到了不高不低，称得上和蔼可亲的水平——对待你是那种"不失体面的好感和心安理得的友善"。到了这个地步，她本人愿同丈夫一道，维系这种交情，而不至于令她的真诚露出遮掩的痕迹，留下把柄。

另一种方法（她们使用无穷无尽的方法，以达到她们非常向往的目的）既单纯又简便，在于持续不断地错置起初使她们的丈夫对你发生好感的所有成因。如果在你的道德特性里，一种极为优秀、令人敬重的成分能把她想打断的链条铆接起来，那么每当她想象中发现你的会话里缺乏动人心弦处，她就会嚷嚷："亲爱的，我以为你把你的朋友某某先生描绘成一位大才子了。"另一方面，如果当初是因为你的会话中的某处公认的灵气，使他开始逐渐喜欢上你，进而满意于此，而忽略了你的德行中的某些细小的失察之处，那么每当她发觉任何一处这种瑕疵，她就会惊叫："亲爱的，这就是你的莫逆之交某某先生！"我曾有机会无拘无束地净诚一位女主人，因为她没有对我表现出应有的尊敬，而我认为我是她丈夫的老朋友，理应受到尊敬。女主人坦率地向我承认，她在结婚前经常听某某先生说起过我，她说她已经构想出同我结识交往的宏大愿望，但她又说见到我真人使她大失所望，因为从她丈夫对我的描述中，她已经形成了一个概念，她将见到的是一位气质高雅、个头高大、一派军官相的帅男（这正是她用的词语），看来这一切的反面才能算恰好与事实相符。就是这么率真，我算有涵养，没有反问，她怎么能为她丈夫的朋友们的个人成就制定一个标准，且把朋友们的标准与她丈夫自己的标准搞得这么大相径庭，因为我朋友的个头与我极为接近，他穿着鞋站起的高度是五英尺又五英寸，我能占他大概半英寸的优势，他跟我一样，没有任何标证能说明在他的气势和表情里有军官的特性。

以上所列，是我荒里荒唐在她们的家里拜访做客时遭遇的一些屈辱，要把它们全部列出只能是枉费努力，因此简略提及一些常常发生的不当行为，已婚女士们对这些行为难辞其咎——她们不该把我们当作她们的丈夫看待，反之亦然。我是说她们待我们因相熟而随意，待她们的丈夫则讲究礼仪规矩。例如有天晚上，苔丝达西亚弄得我比寻常晚餐时间多等了两三个小时，因为某某先生直到牡蛎都放得吃不成了才回家，而她宁愿心神不宁地等待，也不愿在先生不到场时碰一碰饭菜，因为她认为这样做是对丈夫失礼。这样事实上颠倒了礼貌的要旨，因为人们发明礼仪规矩是要消除一种心理窘迫感，我们知道某位同人对另一位仁兄的爱戴与敬重要超出我们自己，心理窘迫感盖源于此。在小节方面给予尽量超常的关注，相当于在努力弥补那受偏爱一方执意要否认的、容易引起不快的偏爱。如果苔丝达西亚不顾她丈夫要她开晚饭的要求，而把牡蛎留给我吃，她算是严格按行为得当的原则行事。除了举止温柔，正派自尊，我不知道还有什么礼仪规矩是女士们对她们的丈夫非遵守不可的：为此我要抗议色拉西亚代人贪食的行为，在她家的餐桌上，她把一盘我正吃得津津有味的酸樱桃移送到坐在餐桌另一端的她丈夫面前，转而把一盘谈不上有多特殊的醋栗推荐给我这个光棍汉品尝。我所不能原谅的无所顾忌的公开侮辱还有——

但我已经厌倦了用罗马文名字把我熟知的已婚女士们统统串起来示众。让她们修正、改变她们的行为方式吧，如果不然，我要说到做到，用英文全名把她们记录下来，好让以后所有这一类肆无忌惮、胆敢冒犯客人的人闻言丧胆。

H-郡布莱克斯隰地老屋

　　我所了解的最感动人的乐事，莫过于在一所惬意宜居的自家老屋那久被废弃的房间里，随意信步、游来荡去。辉煌不再的遗迹，可以产生的是奔放的激情，而不是嫉恨；一代接一代居住在老屋的人们，人非等闲，事不寻常，我们对他们的遐想，编织成我们的梦幻，与人们熙攘喧嚣的现代式居处和当今荒唐无知的贯族式虚荣殊若霄壤。我想，我们走讲一处寥落萧条的教堂，和走进一处摩肩接踵、人声鼎沸的教堂时，也会产生同样的差异感，后一种情形很有可能只显露人类当今的某些弱点——倾听者们心不在焉——或者布道者们矫揉造作，或更有甚者带着自命不凡的神态，让我们最纯洁神圣的意念搁浅旁落，让场所与时机不相吻合。然而你想不想了解神性的妙处——择一个非礼拜天，借得善良和蔼的塞克斯顿主教的准许，独自穿行在一处乡村教堂清冷的走廊里：想一想那里的虔诚跪拜——芸芸教众，长幼咸集，在那里找到他们的慰藉——谦恭的牧师——温顺的教民。没有群情激荡的场面，没有分歧错综的比照，沐浴在那片安宁的净地，直到你自己也像你周围的大理石雕像，跪拜流泪，凝然稳固，纹丝不动。

　　近日得闲北行，禁不住岔道多绕几英里，看看一处宏大的古旧房屋的废墟，这所房屋在我幼年时代，就给我留下了宜居老屋的印象。我得到消息，老屋的主人最近已将它拆毁，但即便这样，我依然有一个模糊的念头，房子不至于消失殆尽——那么多坚若磐石、富丽堂皇的建筑结构，不可能在顷刻间被碾为齑粉，化作垃圾，铺摊在我的眼前。

破败发挥起效应真像一只爽利的手，不停地行进，仅几个星期的拆毁就让它变成一处古迹。

一切变得模糊不清，令我惊愕，那大气的庄门曾矗立在哪里？庭院的界线曾在哪里？紧挨着正屋的小屋该从哪里开始？仅几片砖块散落，作为庄严豪华与宽敞气派的代表。

死亡不会以这种速度销蚀毁灭人类，烧毁了的人的尸骨残留，其分量的比例要比这房子的残留大许多。

拆毁砖块泥沙，扯下装潢木板，假如我见到恶徒们的这多毁坏过程，我会在心里感到刺痛，我会大声疾呼，求他们留下那间敞亮的储藏间的至少一块木板，昔日我常在那间屋里暖热的临窗处落座，捧读考莱的著作。我前面草坪平铺，一只孤独的黄蜂，嗡嗡嗡震颤着翅膀光顾，绕着我飞去飞来——那声音现在就响在我的耳朵边，就像夏天定遵时令回来，像房间里黄色的壁板那样实在。

嗨！对我来说，那所房屋的每一根木条，每一块木板都自有魔法，吊着挂毯的卧室——挂毯比油漆优越得多——那不仅只图装饰，而是要让护壁板获得人性——在我童年和以后的岁月里，我常偷窥一眼，变换护壁板的挂帘（尽快地更替），相互盯着对方，在与那些闪亮的威严的面庞的对视中，锻炼着它稚嫩的勇气——墙上尽是奥维德笔下的形象，色彩比他的描述更生动，阿克特翁如嫩芽般茁壮；还有戴安娜，拘谨矜持，不易掩饰；更有丹·菲伯斯愈加激愤人心，那种冷峻几乎像是在厨房里舞刀弄勺；样子像鳝鱼，故意脱去皮囊，那是玛息阿。

还有那间闹鬼的房间——巴特尔老夫人是在那里去世的——热衷于恐怖，我蹑手蹑脚进去，但总是在白天；怀着潜在的满是恐惧的好奇同过去交流——他们怎么才能把这所老屋重建起来呢？

它是一个被废弃了的地方，但废弃的时间不算很久，昔日的居住者们的遗迹，俯拾即是，异彩纷呈，家居陈设依旧——保育院里甚至还有镀金层，光泽尽失。外包皮革磨损的羽毛球拍和击打变形的羽毛球，标示着曾有孩童在这里闹耍，但我是一个孤独的孩子，那时候，随意地在每一处房屋里溜达，熟悉每一处犄角旮旯，好奇且崇敬着每一个地方。

儿时的孤独，与其说是思想的孕育时期，毋宁说是热爱、沉默、钦佩的发生时期，想当年，对那个地方的一种非常奇怪的激情在勾摄着我，尽管有一处——我都不好意思说离这房子多近，只几路德[1]之隔——据我判断是个情调浪漫的湖泊，半掩半隐在树林里。如此魔力牢牢地把我辖制在这所房子里，我是如此小心谨慎，免得超越严格界定的领地，以至于那边水波荡漾，而我却无意探寻，直到后来好奇心胜过了旧日的操守，我发现一溪哗哗流淌的好水，竟是我儿时的未知湖塘，这让我吃惊不小。斑斑驳驳的景象，绵绵延延的秀色——离这所房屋不十分远——我听说是这样——因为在我的伊甸园之外，它们之

---

[1] 路德：英语旧日的一个面积度量单位，约四分之一英亩。

于我能是什么呢？想不到要去漫游，看来我只能走得离自己选定的监牢的围篱更近点，让花园的那么多专事阻拦的环形围墙更加牢固地将我关在里面。我可以同一位喜爱花园的诗人一起呐喊——

> 捆紧我，地棉扬起双股绳套，
> 用你闲荡的藤条缠绕住我，
> 圈圈层层盘绕得紧紧密密，哦，
> 这处监牢我可是永远逃不脱，
> 但唯恐你的囚禁，算不得牢不可破，
> 趁着我还没有挣断你的束缚，
> 黑莓哟，你也用锁链困我以羁绊，
> 还有野玫瑰不差礼数，从头到脚将我钉住。

我在这里，就像置身一所孤独的庙宇。闲适的火炉边——低垂的屋顶——十英尺见方的居室——简约的墙板，家的所有的温馨——我出生时就在这样的情境下——这是我生根的沃土。然而不至于贬损它们最富爱心的教导，我得以看得更远，于童年时代，对一笔巨大财富对比明显的故事，投去哪怕是短暂的一瞥，我就不感到惭愧。

未必要出身名门，才能有出身显赫的高贵感，要想血统的荣耀，不该强求要有骄人的先祖，褐衣麻鞋的文物学家，在他土里土气的陋室里，探寻莫布雷或德克利福德门第悠久的谱系脉络，面对那些响亮的名字，他可能心血来潮，感受到一种虚伪的快意，跟那些真正继承了这些名字的人们相类似。出身的宣示，不过是美好的愿望，掳走我的愿望之想会预示什么？他们的剑是否磨利？愿望能否像一处枝杈那样被斫去？或者像一根污迹斑斑的吊带被扯断？

声名显赫的家庭对我们还有什么意义？从他们繁冗的家谱里，或他们褪了颜色的铜雕里，我们能得到什么快意？假如我们自己的血液里不存在同宗的特质，没有发生相应的升华，他们的血脉奔流不息，于我们有什么意义？

或者又是因为什么哟，破碎的、风姿不再的、纹饰精致的盾牌，挂在你王子般高贵的、已被岁月磨损的楼梯墙上，布莱克斯隈地老屋！我在童年时经常研究你的神秘人物们吗——是给你带来"中兴"的预兆，象征繁华的持家人们——我的研究持续到每一点乡巴佬的印记都被涤除干净，我自己摄入了出身显赫的高贵感吗？早晨我最先看到的是你，夜晚你阻滞我迈向床铺的脚步，直至凝望中的你和梦幻中的你只一步之隔。

这是唯一真实的，由汲取而得来的门庭改换，是名副其实的血统的改变，而不是由转输而来的寓言传说中的实证。

是谁人豁上性命赢得这份堂皇壮观的成就，我不知道，也不想追问，但其凋敝的残片，其覆满蜘蛛网的色泽，分明在诉说它的创始人须上溯两个世纪。

如果我的祖先在那个时候是个不知名的达摩埃塔人——在林肯区的山上牧放并不属于他自己的畜群，该当如何——难道要我不紧不慢地向自己辩白，这个曾经不可一世的埃贡家族，只剩得点点饰缀可资炫耀？用一种倒错的胜利，来回敬他在世的时候可能冲着我可怜的放牧人祖先不计其数的羞辱？

如果要做如此假想，这座房屋当下的主人则最没有理由表示不满。很久以来，他们因新近的无足轻重的因素，丢弃了他们父辈们的老屋，而我则只剩下作自我遐想，看看能捡起什么样的意象以支撑我的幻想，或平息我的虚荣。

我是古老的W–家族的嫡派后裔，而不是目前这个虚冠名称的家庭的一员，他们已离开这片古旧荒凉的领地。

我的家族展出在那个古色古香的家庭肖像的长廊里，我已逐一浏览过，并在幻想中把自己的姓氏显示给他们，一位——接下来是另一位——他们都像是面带微笑，从画布上探出身子，以便认清这个新的亲缘关系，其余的人面色凝重，因为眼见他们的住处空旷一片，心想着他们离去的后裔。

绘在清凉的蓝色牧场的幕布背景上，一位美女还有一只羔羊——悬挂在大凸窗的旁边——美女一头典型的H–郡亮灿灿金黄的秀发，一双顾盼有情的眼睛——那么像我的爱丽斯——我信服她是真正的伊利亚——我想她就是米尔德里德·伊利亚。

布莱克斯隰地老屋，我的家族也在你高贵的大理石大厅里，那里有马赛克铺成的走道，还有十二尊凯撒大帝像——威严的大理石半身雕像——排列四周，尽管我是个涉世不深的脸谱解读人，我记得尼禄大帝眉目紧蹙，相貌堂堂，让我最是惊叹，但性情温和的加尔巴大帝让我喜爱。看他们蛰在死亡的冰冷里，却也在永生的鲜活里。

我的家族，也是你高耸的审判庭，摆上一把权威的座椅，藤条编成，高竖的靠背，曾让不走运的偷猎者，或麻痹误事的女仆们胆战心惊——打那以后，沦为寻常，蝙蝠一直在里面安家栖息。

我的家族——还会是谁的家族？——也是你代价不菲的果

树园，它的南向的园墙饱经日晒，还有你开阔的游玩园，从屋后分三层呈阶梯状升起，眼前惨白的石墨色花盆，其本来面目只剩下星星点点遗留下来的斑痕，在表征着它们原本是镀层闪闪，熠熠生辉。再往后是一带绿地，向更远处延伸的、尚处在远古形态的是你长满冷杉的荒地，那是松鼠出没的地方，是斑尾林鸽整日低吟的地方。有那么一个古老的形象作为中心，我不再渴想有什么男女神灵，然而我对那个破碎的神秘之地真诚地敬拜，会远远超出雅典的古罗马人的后代在他们当地的树林里对牧羊神或森林神做过的敬拜。

正是因为这个缘故，我把你当作偶像敬拜的时候，热烈地亲吻着我孩童般的双手，亲吻着布莱克斯隰地老屋的各处小路回廊！是因为这个缘故，或我作的什么孽，让耕犁划过你令人惬意的领地？有时候我在想，人类在死去的时候切莫死得一干二净，因此对于他们毁损湮没的居住地，应该存留一点希望——一个赖以走向复活的胚芽。

穷亲戚

一门穷亲戚——本质上讲，是一件最无关题旨的东西，——一项匪夷所思的盟约，——一种可憎的近亲关系，——一念挥之不去的良知，——一抹专拣我们的兴旺昌盛的高潮时刻，不合时宜地拉伸的阴影，——一出不受欢迎的记忆，——一样不休不止、反复发作的屈辱，——你的钱包的一个漏口，——你得意处的一痕无可容忍的褐斑，——成功途中的一道阻力，——擢升道上的一袭苛责，——你血统的一记污斑，——你徽章上的一处疵渍，——你服装上的一条裂口，——宴会上的一具颅骨，——一口阿加索克利斯的陶罐，——你家大门里的一尊末底改，——你家屋门旁立的拉撒路，——一头狭路迎来的狮子，——房间里的一只蛤蟆，——你膏油里的一只苍蝇，——掉入你眼睛里的一粒沙尘，——你敌人的一次胜利，——你对朋友的一份愧歉，——一件派不上用场的物品，——收获时节的冰雹，——一磅蜜糖里掺进的一盎司酸味。

从敲门声就可以听出是他，你心灵的感应告诉你"那是某某先生"。一声叩击介乎随意与敬畏之间，希望得到款待但同时似乎不指望会有什么欢娱。他走进门来笑容可掬但又局促不安。他伸出他的手想同你紧握，然而又把手缩了回去。他不经意间在约莫晚餐时分来访，这时的餐桌已是座无虚席。眼看着你已宾客满座，共进晚餐，他提出告退，但禁不住劝说又留了下来。他占了一个座位，你的客人的两个孩子就被安排到旁边的一张小桌子上去了。他从来不选择接待日来访，尽管你太太不无得意地嚷嚷："亲爱的，今天说不定某某先生会来。"他挨个记住人们的生日——又要表白，他十分走运，碰巧撞上了一个生日。他宣称不吃鱼，大菱鲆也因嫌其小而不食——然而在人家的要求下，还是委曲求全，违背初衷，吃上一块。他声称非波尔图葡萄酒不喝——然而如果有陌生人劝酒，波尔多红酒他也会不避残剩，一饮而尽。他是佣人的一个难题，他们担心对他太过殷勤，又怕对他礼节不周。客人们认为"他们从前与他似曾相识"。人人都在揣测他的现状，大多数人把他当成一个见风使舵的家伙。他用教名称呼你，暗示着他的另一半名字跟你的完全相同，用名字的一半称呼你，他有些太套近乎，然而你又在希望他更加堂堂正正。有了一半这样的随意，他就可能被当成一个临时的门客，倘能更加大胆，他也不会有暴露真实身份之虞。他谦恭太过，不像个朋友，然而他比客户表现出更多的一本正经。作为客人，他的身份不及一位乡下佃农，因为他带不来租金收益。然而很是奇怪，你的客人们正是从他的衣着举止判断，才把他当成一位佃农。有人请他据牌桌之一角而作乐，他会因囊中羞涩而婉拒，不过，不把他算在数内他又很气恼。玩伴们散伙的时候，他主动请求去叫马车，让佣人自便。他回忆你的爷爷，又添加上那么个乏味落俗、无关紧要的逸闻趣谈——是关于这个家族的。当这个家族尚不很飞黄腾达的时候，他对之一清二楚，当他"老拙今日幸有见"时，他其实不甚了了。他要再现昔日的情景，以便建立他作如是称的——有益的对比。思量着要向你作贺，他会询问你的家具的价格，却特别赞赏你的窗帘而搞得你很不高兴。他赞称，那只大茶壶式样时髦典雅，但又说那只旧水壶毕竟更方便好用——这你该是记得的。他敢直言，你一定会发觉拥有你自己的马车会是极大的便利，又在询问你太太的看法是不是这样。他问你是否已经把你的徽标印制成小犊皮稿纸头，而直到新近他才知道某个图样一直是这个家庭的标志。他的记忆不合时宜，他的称颂很不得体，他的言谈让人心烦，他待着不走是没有眼色，当他离去的时候，你以最快的速度把他的椅子移到墙角边，一下子除去了两样碍手碍脚的东西，让你释然。

太阳底下有更伤人的邪恶，那就是——一位女性穷亲戚。对男性，你大可加工一番，可以体面地把他遮掩，但对于贫穷的女性亲戚，你拿她无计可施。"他是个幽默老手，"你可以说，"他要装出一副衣衫褴褛的样子。他的境况要比大家想象的优越，你不是希望找到能在餐桌上凑趣的怪人吗？他可真是个人选。"然而女人穷困的蛛丝马迹可是掩饰不得的，没有女人会歪使怪招，想着把自己打扮得有失身份。真相会不经迟滞，即刻露馅。"显而易见她跟L-家族沾亲带故，要不然她老在他们家干吗？"极有可能她是你太太的表姐，至少十之八九是这样。她的穿戴介乎淑女和乞丐之间，但显然以淑女格调为主。她神态谦卑，最让人受不了，她对自己的劣势敏感而夸大。男人可以要求人家贬损他——主妇之累云云——但这样做达不到抬升女人的目的。晚餐桌上你给她进汤，而她请求享用在——男士之后，某先生邀请她共同举杯，她踌躇于该喝波尔图红葡萄酒还是该喝马德拉白葡萄酒，最终选了前者——是因为这位先生喝的是波尔图酒。她把佣人称先生，执意不劳驾人家给自己端盘子。女管家是她的监护人。她把钢琴误作羽管键琴，由孩子们的女家庭教师留意她，纠正她。

亲情贴近自相知，这是一个不切实际的概念，相知取决于绅士精神，戏剧中的理查德·安姆莱特先生就是陷入这样不利境地的典型一例。他与一位拥有巨额房产的阔小姐之间，无非存有一星点愚蠢的血缘联系，他的命运之星长期受到一位老妇人不怀好意的母性的阻挠，老妇人坚持称他为"我儿狄克"。最终她算有办法补偿他所蒙受的轻蔑，再次让他浮起到上层，显得光彩耀眼，但在这个上层表面之下，好像老妇人职之所司、乐之所在，是要他一路下沉。另外要说，并非所有的人都有狄克那样的上天之赐。我认识一位现实生活中的安姆莱特，他没有像狄克那样浮起来，是真的沉了下去。可怜的W君是我在基督学堂的学友，一个品学兼优的学生，一个前途无量的青年。如果说他有缺点，那就是过于自傲，但其本质不惹人讨厌，它不是那种让人变得铁石心肠，把地处劣势的人们拒于槛外的自傲，它仅是一种竭力坚守，免入歧路的做法。那是在把自尊的原则奉行到极致而不伤犯自尊，他要让其余每个人对自己保持同等自尊，关于自尊的话题，他希望你的所想与他相似。我们是年龄稍大一些的大孩子的时候，有一次节假日一同出行，在这座善于冷嘲热讽、乐于传播绯闻的大都市的街道上游荡，我不愿意与他为避人耳目而迤逦在市区的小巷里或死胡同里。我们个头很高，穿上蓝色的衣服让人家看着很刺眼，很

惹人厌，为此我与他发生过不计其数的争执。这些意念让W君
伤痛，于是他去了牛津，那里的学者生活，尊贵高雅，乐在
其中，更兼自我介绍时的卑微身世，共同作用，在他的品性里
培育出一种献身于这个地方的激情，和对社会的无尽的厌倦。
工读生的长衫（远不及他在学校时的制服体面）与奈瑟斯毒液
一并裹体，无可摆脱。他认为他穿这一套行头很是滑稽可笑，
当年拉提美尔这样打扮，一定会走起路来昂首挺胸，而年轻时
代的胡克着如此装束，可能就有显摆招摇、哗众取宠之嫌了。
在学院的浓荫深处，或在他孤零零的宿处，这位穷学生内敛退
缩，淡出人们的视线，书籍不遗人以羞辱，学问不问年轻后生
的经济实力，他在其中找到了避风遮雨处，他是他图书馆的主
宰，很少关注自己的领地之外在发生着什么。刻苦求学影响着
他，恢复着他的元气，使他镇定自若，提炼自我。他几乎成了
一个人格健全的人，不料命运无常，爆发出对他的第二次打
击，更猛更恶。其时W君的父亲一直在牛津附近的N镇从事一份
低贱的职业，房屋漆工。他在假想一些学院的头目愿意与他厮
熟，这诱使他在这个城市谋算一个住处，以期望受雇于人们当
时热议的一些公共事务。从那一刻起，我在这位年轻人的面部
表情里读出了一种决绝，这种决绝最终把他与学术追求永久拆
散。对一个跟我们的大学不相熟悉的人而言，堪称长袍礼服一
族，和堪称市侩平民一族两者的差别——尤其是后者里的交易
部分——被体现过度，到了严酷刁蛮、难以置信的地步。W君
父亲的品性与儿子本人的品性截然相反。那老子是一个忙忙碌
碌、畏畏缩缩的小本生意人，此公臂挽儿子，手捧帽子，遇到
任何一个穿着长袍礼服的人，总会卑躬逢迎，退步让道，全然

不顾年轻儿子的眼色和更公开的抵触，他就这样媚态唯唯，奉承无名，冲着儿子的舍友，或者是地位可能相当的人，躲躲闪闪，点头哈腰。这种状况不能久持，W君必须改变牛津的空气，否则他会窒息而亡。他选择了前者，让坚贞不渝的道德家，尽其说教之能事，把孝道宣扬到极致，谴责这种不尽人子之责的行径吧，他是不能估测这斗争了。与W君最后一次见面的那个下午，我与他站在他父亲居处的屋檐下，这处住房坐落在从高街通往某个学院后街的繁华的巷道里，W君的住处就在这个某学院背后。他看来心事重重，显得更为顺从。眼见他情绪有所改善，我鼓起勇气，面对艺术家传道者的一幅画像，劝他振作起来，他老子的事务眼看开始兴盛起来，便力主把那张画像装上精美华丽的画框，挂起在他那爿颇为大气壮观的铺店里，可作为兴旺昌盛的象征，或可作为感激圣徒的标牌。W君抬头看见路加像，他像撒旦一样，"认出了他被高悬起来的招牌——随即逃之夭夭。"翌日早上，他父亲桌上的一封信，宣告他接受了一个军团的授衔委任，即将登船开赴葡萄牙。在圣塞巴斯蒂安城下阵亡的首批将士中，他是一个。

本文开头我是在半开玩笑半认真地对待这个话题，不知怎的竟讲出了一个这么难忘又伤痛的故事，但穷亲戚这个主题充满了太多的内容联想，有喜剧也有悲剧，要让叙述泾渭分明，不相混杂是很困难的。下面的故事是我所得到的最早的关于穷亲戚的印象，再次回想起来的时候肯定不至于伤痛，也不让人觉得很失人格。记得在我父亲的餐桌上（并不奢华），每星期六都会见到一位上了年纪的先生的神秘的形象，着一身整洁的黑装，显得郁郁寡欢却也不失落落大方。他的行为举止总体上讲严肃庄重，少言寡语，使我当着他的面就不敢作声。本来我就不应当聒噪不休，因为我得到的暗示是，沉默才是尊重。一把扶椅供他专用，这是任何时候都不破的规矩。一种其他场合不会出现的、特制的甜布丁，标志着那一天他要来赴席就餐。我那时常想，他是个非同小可的富翁。关于他，我所知道的只有很久以前他与我父亲曾是林肯市的同学，还有他来自铸币局，就是我知道的所有的钱都是在那里铸造的那个铸币局——因而我琢磨，他是所有那些钱的持有者。他的出现总让人想起可怕的伦敦塔，他似乎超越了人类的软弱与欲望，他的禀赋中有一种饱含忧郁的显赫。我在幻想，源于一种无法解释的宿命，他不得不总是身着一套奔丧的服装奔波于人世间；一名囚徒——一个在星期六被开释放风的威严体面的人。尽管我们都能习惯性地表现出对他的惯常的尊重，我经常对父亲的冒失行为大惑不解，因为我父亲竟敢时不时地就他们少年岁月的某个存在争议的话题，理直气壮地，公然反对人家。林肯古城的民居（我的大多数读者都知道），被分作山上住户和山谷住户，这种界限明确的划分，便在上面居住的孩子（不管用何种方法汇聚他们到同一所学校读书）与父母寓处在平原的孩子之间形成明显的隔阂，这足以在这些少年格劳秀斯的思维标准里引起敌对情绪。我父亲是山上人中的一个头领，且仍旧坚持认为上头的孩子（他自己的一派）优越于下面的孩子（人们是这样称他们的），一般具有领先技能与果敢品质。这位客人与父亲同龄，是下面的孩子的那个部落的酋长。关于这个话题，争执频繁而激烈——这也是让这位老先生显山露水的唯一的话题——他甚至会动肝火，有时候甚至于让那事实上的敌对情绪几乎又重新开始（我倒期望能这样）。然而我父亲不屑于继续把那些优势说下去，通常是机智地转变对话方向，顺便称赞起老教堂来，老教堂比这个岛国所有其他教堂更普遍受人们偏爱，山上的居民和土生土长的平原人，可以在这里达成妥协，摒弃他们之间不太紧要的差别。仅有一次我见老先生真的焦躁了，我当时产生的一个想法让我现在想起还十分伤感："也许他再也不会到这里来了。"事情是这样的，人们劝他再来一盘甜布丁，我前面提到过，这是他来访时必不可少的配餐。他拒绝了，拒绝得坚决，到了严苛的程度，这当儿我的姑妈，一个老林肯人，但脾性跟我的表姐布里奇特很像，有点古怪，她有时候会不失时机地显示她的礼貌——她说出了下面这句让人忘不了的话："一定再来块布丁，贝利特先生，因为你不是每天都能吃到布丁的。"老先生当时没说什么，而就在那个晚上，他们之间发生了争执的时候，他逮住了机会，用一种让在场的人都感到震惊，并且在我现在写下它来的时候依旧感到震惊的强硬口吻说道："娘们儿，你老了，不中用了！"约翰·贝利特承受了这次屈辱之后不久就去世了，但他还是活了足够的时间，让我确信我们两家事实上又握手言和了！如果我没有记错的话，人们策略地就在冒犯过他的那个地方，另换了一餐布丁。他在铸币局辞世（公元1781年），正如他自己所说，他在铸币局久享自在宽裕、独立自给的名声，他去世后人们在他的写字台里发现了五英镑十四先令一便士存世。感谢上帝，他有足够的钱安葬自己，他从未欠过任何人一枚六便士的硬币。这就是——
一个穷亲戚。

舞台幻象

　　有人说，一出戏可以根据它所创造的舞台幻象而有表演精彩和表演拙劣之分。这类幻象在任何情况下能否不露破绽，不是问题的核心，我们知道，演员登场时，意识里全然没有观众，这是创造这种幻象的最捷径。演悲剧时——在一切打动真情的表演中——演员的舞台活动须全神贯注而不许他顾，这看来是不可或缺的。然而事实上，我们的最聪明的悲剧演员们每天都在丢弃着这个原则，当演员们不需要刻意惯常或过于明确，或者说粗声野气或多愁善感地指向观众时，演出就不应该顾及指向不指向观众，而应该创造以戏剧趣味欣赏为目的的幻象。不过除悲剧之外，在喜剧的某些人物里，尤其是那些带有荒谬色彩的人物，或者是关乎某些与伦理道德不相一致的理念的人物，人们可能会发问，如果根本不用依赖观众，一个演员仍然可以与观众保持明了晓畅的相互理解，让他们在浑然不觉中化作场景的一部分，这是否就算是喜剧演员的最高演技的表征。要达到这样的境界，明察秋毫，细腻入微是必不可少的。需要说明，我们在这里只谈论这个行当里非同寻常的艺术家。

　　对我们自己感觉一番，对另外的人思索一番，我们会发现人类本性里最为屈辱的弱点，或许就是胆小怕事，看一个胆小怕事鬼被惟妙惟肖、栩栩如生地搬上舞台所产生的效果，远远不是引人发笑。尽管如此，我们大多数人须记得杰克·班尼斯特塑造的胆小鬼，还有比那更快意的角色吗？我们喜爱那些捣蛋鬼。除了演员炉火纯青的演技，还有什么方式能达到如此效果？他持续不断地向我们观众们迂回曲折地暗示，甚至通过难以置信的一系列表演向我们宣示，我们把他当胆小鬼，在他身上我们看到了所有病患的一般征兆，嘴唇颤动，双膝抖缩，牙关磕打。我们甚至可以起誓"那家伙被吓得半死"。然而我们一直在忘却，或者说我们几乎是在自我保守秘密。他从来就没有失去过自控，他做出上千个滑稽的表情与手势，是给我们看的，而根本不是想着做给演戏场景上他的同伴们看的。他用自己的方式表现出来的自信，从未让他感到力不从心。这是真正的胆小鬼的一幅图画吗？这难道不是一种相似的东西给我们带来的景象？这相似由聪明的艺术家煞费苦心地展示给我们，用以代替原型，而我们也在不声不响中，幻想着领略更大的乐趣，而不只满足于对愚昧、无助、自暴自弃等我们了解的真实生活中的懦夫必定具有的特征的逼真仿造。

如果不是因为一流的演员暗示给我们，而不直接依赖我们，从而极大地解除了我们对剧中人物的厌恶感；如果我们不是出于对剧中人物的外在同情，同情他们对钱袋子和羊皮纸文稿那种谈不上有所掌控的占有，为什么守财奴在真实世界里如此可恨，而在舞台上却久演不衰？由于这种不易察觉的释放，人们对剧中人物的一半憎恨——在现实生活中这样的憎恨，是从人们惺惺惜惺惺的同情心生发、积累而来的——蒸发消失了。守财奴能引起人们的情感共鸣，也就是说，他不是实在的守财奴。在这里又是引人娱乐的相似取代了令人生厌的现实。

脾气急躁，喜怒无常——老年人值得怜恤的弱点，若在现实中遇上，只能引起不快，而若在舞台上仿造，人们的注意指向，不是完全被引向与它们相连接的喜剧人物，而是部分地被引向一种内在的信念，那就是演员们正在我们面前表演这一切，眼前发生的只是一种相似，而不是真实事件。他们带来的愉悦出自生活之下，出自生活之侧，而非出自生活本身。当盖蒂饰演一个老人的时候，他是真的发怒了？还是那只是一种十分相似、足以辨认的悦人的仿造，其意图不在于把现实中的心神不宁的感受强加于我们？

喜剧演员可能会过于自然，尽管这似乎像悖论。最近有一位演员就是这种情况。喜剧表演最热心、最真实，莫过于埃默里先生的表演方式了。他演出的喜剧《乡下佬》，和他饰演的一组悲剧式人物，都是最精最妙的脚注。然而如果他在喜剧舞台活动中依样生搬硬套，全然无视观众，故意对大幕前面的一切视而不见，漠然置之，这产生的效果定会不忍卒看，不忍卒听。他与其他剧组人员脱节，他与他们之间不存在什么联系，他与观众之间也不存在什么联系，他成了第三方领地——枯燥，可厌，不与众人往来。从单个演员角度讲，他的表演天衣无缝，但喜剧不是这般密不透风的东西，鉴于这个原因，喜剧情景和真实情景所要求的可信度，不是分毫不差的，两者之间的差异，可借助于听忧伤故事和听快乐故事时，我们期盼的两种不同的真实来领会。如果我们对忧伤故事的真实性有些许疑虑，我们全盘拒绝它，我们的眼泪不愿为一个疑影重重的情节而流下，但是讲快乐故事的人可以享有一个自由度，故事不一定绝对真实可信，而我们还是很满足。戏剧幻象是同样的道理。我们不否认，希望在喜剧里看到场景背后有自然状态的观众——被剧情的趣味所吸引，但要被当作旁观者来接纳。喜剧演员让自己远离那些赶来享受他们的演艺之乐的人们，不参与或不关注这些人的所想所感，这样的演员有失体面。麦克白一定看到了匕首，只有他的耳朵听到人们这么议论，但滑稽剧中的老笨蛋可能会认为，自己眼见的什么尤物，有意地用话语、表情传达得一清二楚，就如同他对着乐池、包厢和顶层楼座讲话。当一个无关题旨的小丑在悲剧中侵犯场景的真情实感，比如一个奥斯里克，我们赞同用轻蔑来对待他，但当喜剧中出现一处逗乐的插曲，一处纯粹为了给人以欣喜，并从复杂困惑的异想中提升欢乐的插入，致使一位用心看戏的人担心这插曲占去了他的闲暇，或抱怨把演出当成自己家那样随意，这样的时候，人们要是表达出以上同样的蔑视（不管有多自然），总会破坏观众中欣喜体验的平衡。要让这样的插入收到喜剧效果，扮演小丑的表演者必须放弃少许演员本性，简而言之，他必须考虑观众，向他们表达出恰如其分的不满与焦躁，以便与喜剧的取乐取向保持一致。换言之，他的困惑必须表现出半是取乐，半是演出。如果他板着面孔，一本正经地排斥入侵插曲，尤其是，如果他用一种在真实世界里肯定会诉诸决斗的那种严厉口吻发布诚劝，他的真实生活式的演出方式，必定会毁了另一方剧中人物的想入非非的纯戏剧存在（要把这个存在喜剧化，需要从反面剧中人物的角度生发喜剧性），从而把本来只为取乐而非为信念的意图，转化成一处实实在在、完完全全的插曲，这非但没有为我们带来娱乐，相反地，看到一个值得尊敬的人，认认真真地落到画蛇添足的境地，会激起伤痛。一位非常审慎的演员（在他的大多数演出中是这样），在滑稽剧《逍遥自在》中与伦奇先生搭档时，好像就陷入了这一类误区。

诸多举例会显得繁冗乏味，这些举证也许足以表明，至少在喜剧表演中，尽管观众是需要表演者回避一切对他们的指涉，但演员并非总是需要严格刻板地力求回避观众，而是需要表明，某些情况下，应当发生一种折中，戏剧的一切为了快乐的目标，都应当通过女士们和先生们之间一种明智的理解来实现，这种理解不能过于公开地——在幕布的两侧——用言语传达。

藏书与读书随想

> 欲穷书之至理者，莫非借取他人苦思冥想之所得
> 以自娱者也。是故拙见以为，名流贤达之士，催发其
> 自我天赋之根芽，以求意中之乐，乃善之善者也。
>
> ——摘自喜剧《旧病复发》福平顿爵士台词

　　我的一位聪慧乖觉的友人，大为爵士大人的睿智妙语所打动，他毅然搁置一切阅读活动，以期发扬光大自己卓尔不凡的原创精神。我的这颗脑袋，可能会冒丧失美誉的风险，但我必须承认，我在他人的思想里花费了大量的时间，我的生命在别人的思绪里流逝如梦，我喜欢消融在别人的心思里，不行路的时候我就读书，我做不到静坐、思考，书会为我思考。

　　读起书来我百无禁忌，夏夫茨伯利之于我不至于曲高和寡，乔纳森·王尔德之于我不至于俗不忍睹。凡可称其为书者，尽在我的阅读之列，有些东西其形状若书，但不容我当书对待。

　　属于这类似书又非书的书籍里，我认为该包括宫廷年谱、向导大全、袖珍读本，背面装订且标注了类别的棋谱、科技论文、历书、法令大全；休谟、吉本、洛伯森、毕谛、索姆·珍

妮斯等诸家之作，以及所有"绅士必藏书目"中的那些一般卷目，也包括弗莱维·约瑟夫斯（那位博学的犹太人）的历史著作和巴莱的道德哲学。除了这许多之外，我几乎无书不愿读，我感恩命运之神能赐我以如此广博、无所不包的阅读兴趣。

我承认，每当看到那些披着书的外衣，僭立于书架之上的赝冒之品，就让我窝火，这好比假充圣徒者，篡谋圣位者，入侵圣地者，把合法之主挤出圣坛之外。伸手抽取装帧精美，看样子像书的一卷，期望着它可能是让人读来既得善心又得开心的顺意之作，然后翻开张张"貌似的书页"，却发现选了一本提不起人精神的人口论文集，期望着看到一部斯梯尔或者法夸尔的著作，却发现拿起的是——亚当·斯密史。常见一些笨头笨脑的百科全书（冠以"大英"或"京都"）摆放整洁，门类齐全，用俄罗斯革或摩洛哥革包装排列，而那些豪华皮革的十分之一，就足以把我的瑟瑟缩缩的对开本给更新衣冠，打扮得妥妥帖帖，也足以让派拉赛尔萨斯本人面貌一新，让老旧的雷蒙德·拉莱再焕活力，安身立命于世。我从未见过这些欺世盗名之流，但我渴望剥下它们的盛装，让我那些衣不蔽体、破落不堪的退役老兵们得衣得暖。

一本书，封皮坚固、装订整齐是首要的，华贵则在其次，但这样的装订，如果做得到，切不可不加区分地滥用于任何一种书籍，例如我是不会把一套杂志装扮得衣履笔挺的。简装或者半装（用俄罗斯革封皮）是我们的模式，一部莎士比亚作品或一部弥尔顿作品（除非是首版首印），倘若只给予华丽的外包装，则仅为纨绔做派而已，拥有这些东西算不得什么与众不同。说来也怪，它们的外表（本是非常常见的东西），在拥有者那里激不起柔情蜜意，引不出富有之感。再者，汤姆森的《四季》一书，若能裂口零星，折边连连，才让人看见了最顺眼（我是这样认为的）。如果我们不会忘记的"巡回书店"里的旧书，《汤姆琼斯》或《威克菲尔德牧师传》，以及对这样的书籍追求完美的良好感觉，那么对一个名副其实的爱读书人，沾满污渍的书页，磨痕斑斑的外表，还有（俄罗斯革之外的）悠远的气味，该是多么美妙！想想那上千根拇指曾满带喜悦翻阅这些书页，多有意趣！想想有那孤独的裁缝女（针线工，或是勤劳的女帽编织人），整天的针黹劳作一直要延伸到子夜，而后牺牲睡眠，强打精神，挤出一小时时间，像沐浴忘川之水，抛却烦忧，全神贯注于书中精彩迷人的世界！谁还会要求它们再少一点污损？我们希望它们处于什么样的更理想状态？

某种意义上说，越是好书，装订要求越是简单，费尔丁，斯摩莱特，斯特恩以及所有那一类永远会不断繁衍的卷帙——伟大的自然的范本——我们看见它们的单个某册消失不足为惜，因为我们知道，它们的版本"取之不尽"然而如有那么一本书，既是好书同时又是稀有本——单个某册几乎就是它的存种之星，当那么一本书消失——

我们不知普罗米修斯的火种在哪里，

得以让这个族系的光芒再度燃起，——

有这样一本书，比如出自公爵夫人手笔的《纽卡塞公爵的一生》——没有什么装束足够富丽堂皇，没有什么盒奁足够经久耐用，足以与这样的珍宝的荣耀相匹配，并保它完好无虞。

不仅是这里描述的珍稀本似乎重印无望，而且有的作家们的旧版本，例如菲利浦·悉尼爵士，泰勒主教，弥尔顿的散文著作，富勒——我们有他们的作品的重印本，但我们知道，这些书本身虽然流传，也时不时为人们所谈及，但它们未曾（可能将来也不会）深入到民族之心灵，以至于使它们变成收藏典籍——把这些用耐久而贵重的封皮保存是理所当然的。我不非常关注莎士比亚的首版对开本（你不可以把众皆捧阅的作家的书当作珍爱本收藏），相反，我喜欢罗和汤森的通行本，这样的版本没有注释但有插图，制作拙劣，宜用作地图或文本的记忆纲要；不会有人假想要仿冒它们，所以远胜于有人想要仿冒的莎士比亚镌版展。关于莎士比亚戏剧，我与我的国人甚有同感，我最喜欢他的那些最惯常让人反复咀嚼、百读不厌的版本。相反地，鲍门和弗莱彻的作品，没有对开本我就读不下去。八开版本让人看着极不舒服，对于它们我不存在认同感。如果这些版本跟目前流行的莎诗版本一样读者众多，我倒愿意倾向于钟情流行版本而舍弃旧版。有人要把《解剖忧伤》一书翻印，这是我最不忍见的空劳一场。掘起那位古时候奇异的伟大人物的骸骨，套上最时髦的裹尸布将它们展出，以便让现代人品头论足，这样折腾有什么必要呢？难道会有书商梦想着让伯尔顿走红起来？可悲的马隆，贿赂了斯特拉福教堂的司事，以便为自己搞到一个机会，把略显原始却描摹得栩栩如生、悄然耸立的老莎士比亚的彩漆雕像给涂成白色，就这样愚蠢得无以复加地破坏了莎氏的脸颊、眼睛、眉毛、头发、他往常穿的服饰等的色彩——不论多么不尽善尽美，这一切是我们能占有的、仅存的、关于莎士比亚的、让人好奇而又不可小视的组成部分的最真实见证。他们把他的周身覆上了一层白色涂料。如果我是沃威克郡的地方治安官，我会把出主意的人和教堂司事，一并钉上足枷，按一对爱管闲事、亵渎神灵的骗子重治其罪。

我想，我眼见到他们在搞破坏——这帮自以为是的捣蛋恶鬼。

如果我要说，我们的有些诗人的名号听上去比莎士比亚或弥尔顿更有妙韵，更为悦耳——至少对我的耳朵是这样——会有人认为我怪诞吗？可能是因为莎士比亚和弥尔顿的名字陈旧俗滥，成为寻常话语里的寻常之谈，而最美妙的名字，一旦提及便会幽香袭面，他们是克提·马洛、德雷顿、霍桑登的德拉蒙和考莱。

什么时间读书，什么地方读书，在很大程度上决定着你读什么书，在晚餐就绪前的、等得焦躁无聊的五六分钟内，谁会想起要拿起《仙后》或一本安德鲁斯主教的布道辞来读？

读弥尔顿需要配上庄重优雅的音乐，乐声响起，你才能进入他的境界，但弥尔顿有自己的音乐，听他的音乐的人，须怀着驯顺虔敬之心，洗耳恭听。

冬夜——世界被关在门外——用不着什么仪典客套，平和高贵的莎士比亚走来了，每逢这样的时节，应该读《暴风雨》或他自己讲的《冬天的故事》。

这两位诗人，你免不了要高声诵读——读给你自己听，或者（事有凑巧）读给另外某个人听。听者多于两个人——它便庸俗，沦落成为朗读会。

应时应事而赶写的只激起人们短暂兴趣的书籍，仅骋目扫读即可，亦忌读出声。即便是现代小说中的优秀之作，一旦让人家读给我听，便不由自主感觉大煞风景。

报纸如果读出声就让人难以忍受，在某些银行的办公间形成了这种规矩（为了节省个人的许多时间），由其中一个职员——学问水平最高者——开始朗读《泰晤士报》或《记事报》，为了大家的便利，高声诵读报纸的全部内容。用尽所有的肺活量和演说技巧，效果只是乏味。在理发店和酒馆里，一个人站起身来读出一段，把它当成自己的发现而与人交流，另一位紧随其后，献上他的选段，就这样，把整张报纸的全部内容，最终零零散散地传播给众人。不常读书的人阅读缓慢，如果不采用这样的办法，这帮人里面，没有哪位会把整个报纸的内容全部览遍。

报纸总是在激起好奇，但读过之后，没有哪一个人放下报纸而不甚感失望。

在南都宾馆，那位一身黑装的绅士，手拿报纸，读得多么专注、久长！当听到店小二扯着嗓子叫个不住，"先生，《记事报》到了"，我就厌烦。

入夜，走进一家小客栈，点好你的晚餐，发现在临窗的座位上，前面光顾过的某位粗心大意的客人，说不清是在啥时间落下几本杂志——是三两号过期的《城乡杂志》，里面登载着幽期密约的逗乐照片——"皇室情人和某G太太""柏拉图式的结合和老风流"，以及诸如此类的花边旧闻闲说，还有什么比这样的发现更开心呢？那种场合，那种时刻，你愿意将它换成更高品位的书吗？

可怜的托宾近来失明了，他不因为读不成影响重大的那些类型的巨著而感到十分惋惜——《失乐园》或《考玛斯》这类书，他可以让人读给他听，然而他失去了用自己的眼睛飞掠一本杂志或一本轻松小册子的乐趣。

我不怕独自踽踽，在教堂里庄严肃穆的走廊上，阅读《老实人》而被人家逮个正着。

我记得的最离奇的惊异经历，莫过于曾有一次被瞥见——是被一位熟识的小家碧玉——我逍遥自在地躺在报春花山的（她的朝圣领地）芳草上阅读《帕美拉》。书中倒也没什么让一个男人一旦被人撞见便感到羞耻难当的地方，但当她在我身边坐下来，看来是决意要与我结伴阅读时，我则非常希望那是一本别的什么书。我们客客气气一起读过了几页，而后，她发现作者与她自己不十分对味，就站起身来离我而去。可敬可爱的喜欢追根溯源的人，我把问题留给你去思索，在这场窘境中，感觉到羞耻的（因为我俩中间肯定有一位）会是翩翩仙子，还是多情少年，从我这里你永远探听不到这个秘密。

我算不得是一个户外阅读的极力支持者，那样，我的精神集中不到阅读。我认识一位一神教派的牧师，人们通常见他在早晨十点与十一点之间，登上斯诺山堡（那时候还没有斯金纳大街）研读拉德纳的一卷。我认为我自己是达不到这样的置身世外的境界的，昔日我一直在崇敬他怎么做到苶然潜行，不问世俗。偶遇脚大的绳结或盛面包的竹篮，他又弄不明白是什么意思，这会迅速地将我所懂得的神学知识放飞到九霄云外，会让我陷入一种比漠然于五项要旨更有过之而无不及的状态。

有一个马路读者阶层，每当想起他们，我就免不了要动情——可怜的人们没有足够的钱买书或租书，就从开放的书摊上偷来一点学问——书老板瞪着苛责的眼睛，一直向他们倾泻着忌愤的目光，思量着他们什么时候才能把书放下。他们则机智地与老板周旋，读一页是一页，时刻在预计着老板什么时候会横插进其禁令，但又无法抵挡纵情恣意读书的满足，他们是在"攫取一种担惊受怕的喜悦"。马丁·B就这样一天读一点，读完了《克拉丽萨》两大卷，这时候，书商问他是否打算买那部著作，这便等于朝他的甚值称道的抱负浇下了凉水（这是他小时候的事）。马丁声称，在他一生中的任何时期，都没有得到过他从那些提心吊胆的攫取中所得到的一半的读书满足。我们这个时代，有一位古怪的女诗人，写了两阕动人心弦却朴实无华的诗行，就这个主题作了一番说教：

> 我眼见一个孩子睁着渴望的明眸，
> 在书摊旁翻开一本书，
> 贪婪地，他要吞下书的全部；
> 这当儿，摊主看到了孩子读书这一幕，
> 很快我听见他冲孩子大声疾呼，
> "这位先生你从来不买书，
> 因而你没有资格阅读。"
> 叹口气，孩子慢慢地离去，
> 他多希望，从来没有人教他读书写字，
> 那样这小气鬼的书就不在他的需要里。
>
> 需要，数不胜数，那是穷人的凄苦，

富人们从来不为这些生恼惹气。

我不久后又认识了另外一个孩子，

看样子，他好像饥无所食，

至少在那个当天他没弄到什么可吃——他只能看着

冰冷的肉，在酒馆的橱里喷着香气。

我想这孩子的遭际必定更加悲戚，

身无分文，就这样渴望，就这样忍饥，

精心调制的上好的肉，充斥眼目。

莫叹离奇，如果他希望自己从来没学会吃五谷。

马尔盖特舟游旧事

　　我喜欢在牛津或剑桥两学府中的某一所（我相信我从前这么说过）度过我的假日。退求两处之次，要我选择，那我该去一处林木葱郁的地方，比如在我神往的泰晤士河岸的亨莱附近，这样的去处到处都是。但不知怎么搞的，我的表姐每隔三四个季度总要想方设法把我哄骗到一处海滨栖息地。尽管经历不尽如人意，但旧日仰慕使她舍不得割舍。于是我们在沃尔兴度过了一个单调乏味的夏天，在布来顿度过了另一个更加单调乏味的夏天，第三个夏天在伊斯特贝恩度过，最是单调乏味，眼下我们在实施枯燥的修行——是在黑斯廷斯！这一切都是因为多年前我们在马尔盖特度过短短一周快乐的时光。那是我们的首次海滨经历，多种情景交相辉映，使那段时间成为我一生中最感惬意的假日。我俩都不曾见过海，我们也从未结伴离家，一同游历过这么长时间。

　　马尔盖特旧日的游艇，你那饱经风霜、皮肤黝黑的船长，还有他粗糙简陋的操作装备——尚没有更换成河水上航行的、现代蒸汽邮船的、花样繁多的新型设施——我怎能忘记你？乘风逐浪，你担负着数量不菲的运输差役，而无须求助于魔幻般的烟汽、迷惑、沸腾的大煮锅。借空中吹来的顺风，你可以轻松前进，或者当风浪随机肆虐，你则静若处子，以水手的耐心镇定停泊。你的航路行出自然，无迫使之痕，就像发乎温床。你也不用硫化的烟雾毒害大海的呼吸——硕大的海怪在海上竖起烟筒，架上壁炉，或者更像那位能把斯卡曼达河烤干的火神。

你诚实可靠但人数不多的船员，倾听我们这些来自大城市的人们刨根问底、接连不断抛出的问题，且都作出不很情愿、不很主动的答复（但从不流露轻蔑藐视一类的情绪），我怎能忘记你？要知道这些问题很不在行，事关这一样或那一样我们完全陌生的航海器具的用途。尤其是我怎能忘记你——伊斯特奇普高超的厨师？你是快乐的媒介，你是庇护我们和水手的阴凉，你是善于变通调和的解说人，把他们的技术讲解给浅薄简陋的我们，你是大海与陆地之间抚慰人心的大使——你穿着的水手的长裤，你戴着的洁白的帽子，还有你长裤上系着的更洁白的围裙，都不能令人信服地表明，你是借寓大海的居民，还有你在烹饪行当里干脆利落的操作，这一切都说明你自始至终受内陆的滋养。在你各色各样的业务中，你转换得多么繁忙，厨师、海员、侍从、管家，忽然到这里，忽然到那里，好像另一个爱丽尔，以你更友好的服侍，在同一个时间，在船甲板上的各个部位闪亮——不是助推暴风雨，而是像亲人一样被我们的疾苦打动，缓和消除我们的担忧，因为我们从未经历过海上颠簸，我们的意识天生是陆上景象。当那淹没一切的巨浪赶我们到甲板下躲藏的时候（因为时节已入深秋十月，老天通常会狂风大作），你殷勤周到的帮助，依然给我们以抚慰，用纸牌、用果汁，还有比果汁更仁慈的话语，多么有效地消除小小船舱狭小与封闭带来的沉闷！（老实说）如其不然，那船舱并不令人愉快，并不令人向往。

除此而外，船上同行有一位乘客，他言之凿凿的话语，可以消遣比我们的设想更长的航程，带给我们丰足的快乐与神奇的见闻，足以延伸到亚速里群岛。他是一个肤色黝黑，长得像西班牙人的潇洒倜傥的年轻后生，自信果断，有武将之风，能言善辩，不容争执。事实上，他是我从那时至今遇到的最大的谎客。他不是那类犹犹豫豫、吞吞吐吐的讲故事的人（让人非常难受的描述），那类角色一直在试探你是不是信他们，每次只讲给你他们确信你能接受的那么多——是蚕食你的耐心的扒手。这位后生，可是个光天化日之下，直接劫掠他周围人的信念的主儿。他不会触及边缘就战战兢兢，而是一个坦然热忱、部署周密的谎客，能即刻潜入深层引你轻信。我想他能部分地操控他的行伴。那个时候的马尔盖特邮船，寻常一次搭载的乘客中，不会有很多富人、不会有很多哲人或有许多学人。恐怕我们只是一伙当时的奥得曼伯利大街或瓦特灵大街凑起来的，谈不上老练的伦敦佬（让我们的敌人们给一个更难听的称谓吧）。我们中间可能会有一两个例外，但像与我同航的这样一群欢快友好的游伴，我不屑于从中区分伦敦佬与非伦敦佬，以此招致不愉快。地域思想也该讲个变通妥协。这位自信的小伙子，如果是在陆上，他哪怕搬出他在海里经历的传说故事的一半恩赐给我们，我个人以为，我们大多数人的良知也会发起反叛。然而我们处在一个新的世界，周围的一切统统陌生，时间与地点置我们于一个任何奇谈怪论都必须相信的境地。岁月已从我的记忆中模糊了他讲的许多不着边际的寓言，剩下的如果笔录出来，上岸后阅读也乏味无聊。他说他曾是一位波斯王子的船上的一名副官（记得起的奇事、鸿运中的一则），一击砍下了骑在马背上的卡里玛尼亚国王的首级。顺理成章，他迎娶了王子的女儿。宫廷政治的不幸变故，还交织着他夫人的不幸辞世，我忘了是什么原因让他离开波斯，然而他以变戏法一样的神速，把自己连同他的听众一并运回英格兰，话头转到英格兰，我们仍然发现他深得贵妇人、阔太太们的信赖。有一个故事讲一位公主——如果我记得不错的话叫伊丽莎白——在某个非常时刻，把一盒珠宝委托给他保管，但时隔如此久远，名字和场景已不十分确定，我必须把这一殊荣留待英格兰的皇室女儿们私下解密了。他那些快意的奇遇，我连一半也回忆不起来了，但我能完整地记得，他说在他的旅程中曾见过一只凤凰，他心存善念，没有拿一个鄙俗的错误概念误导我们，说凤凰一次只可见到一只，并对我们确认，在上埃及的某些地区，凤凰算不上稀奇。这时候，他发现我们深信不疑，洗耳恭听。他的痴人说梦般的幻象，运送我们超越"无知的现实"。但当他（依然滔滔不绝，利用我们的单纯，他越来越占上风）继而言之凿凿，说他事实上荡舟穿过罗德斯岛上的巨型雕像的两腿之间时，这实在有必要做一番抵制了。至此我必须公正地对待我们这个群体中的一位同伴的良知与勇敢，这是一个迄今一直毕恭毕敬听他游说的年轻人，鉴于他自己最近的阅读，他壮起胆子与那位先生对证，说这里肯定有误，因为"谈论所指的巨型雕像老早以前就被毁掉了"。对年轻人谨慎谦卑地提出的意见，我们的英雄态度友善，大度地做出了退让，对答说："外形确实受到轻微损伤。"这是他遭遇的唯一一次反驳，但似乎根本没有致使他失惊慌乱，因为他继续讲他的寓言故事，那位年轻人似乎仍然带着前所未有的更加满足的神色相信着他，就像是那处极为坦诚的退让正好可以证实他的可信。他拿这些奇闻怪事继续哄骗着我们，直到里库维尔进入我们的视线，我们的游伴中的一位（从前在这地方航行过）立即认出了它，并指给我们看，这位游伴被我们当作一位非同寻常的航海人。

整个这段时间，在甲板边上坐着一位迥然不同的人，是个小伙子，很显然非常穷困，非常虚弱，非常有耐心。他面带微笑，眼睛一直盯着大海。如果说，他时不时地能听到这些不着边际的故事的片段，那也纯属偶然，而且它们也似乎与他毫不相干，海浪对他低诉着更迷人的故事。他是与我们一起但不与我们同属的一位，他听到了晚餐的铃声，但不为所动。我们中的一些人拿出我们私自的存货——冷肉和凉拌菜，他拿不出什么，也似乎不想拿出什么。他只储存了一块饼干，那时候这样的游船常常少不得要拖延航程一两个昼夜，这块饼干则可聊充拖延期间的干粮。我们设法与他接近、厮熟，而他似乎既不想套近乎也不想回避。我们得知，他要去马尔盖特，希望被那里的医院收留，做海水浴治疗。他得的是淋巴结核，已经侵犯遍了他的全身，他寄予很大希望要治好病；而当我们问他，在他要去的地方是否有朋友时，他回说，他没有朋友。

这些快意，也有一些忧伤的片段，合着第一次看海的印象，与青春年少、做伴度假的感受，还有户外探险。这一切对我而言，是从前被囚禁在人潮熙攘的城市里长达数月的冲动；这一切在我的脑海里留有余香，就像远去的夏日，只为冰凉寒冷的时日遗留下它们的记忆，以供咀嚼回味。

如果我要讲述我所听到的、那么多人承认的、他们第一次看海时所感觉到的（我自己在这一刻也确实有所感受）不满足感，这会不会被认为是脱开了主题（这样可能会免去一些不受欢迎的对比）？我想通常人们给出的理由——即为什么实在事物不能满足我们的意识对它们的事先预期——很少能足够深透地进入问题的实质。让同一个人平生首次看狮子、看大象、看大山，或许他自己会感觉有一点点失望，实物没有占满它们在这个人的头脑中似乎已经形成了的概念所该占据的空间。不过它们同他最初的理念依然保持着对应关系，到一定时间它们会长大到与理念吻合，其结果便产生出事物与概念极为近似的印象：把实物本身放大到（如果我可以这样说）晓知相熟的程度。然而大海会一直是失望。看大海，我们期望看到的（我不否认其为荒诞，但根据想象法则，这恐怕一定是必然）不像那些野生动物，或那座可以尽收眼底的大山那样，是一个具体的物件；我们期望一次看到大海的全貌，那与陆地相对的地球的部分。难道不是这样吗？我并不是要说我们自己会产生多大影响，但大脑的需求必须满足，不可折扣。我来设想一位十五岁的少年的情形（就像我那时候的样子），他对大海的了解仅限于描述。他第一次来到大海——一切他读到过的关于大海的内容，生命里最热切的部分，一切他从云游海员的讲述中收集到的情况，他从别人真实的航海经历中得到的印象，和他从值得珍视、值得信服的传奇与诗歌里得来的印象，都是熙熙攘攘的意象，期望得到异常供养，以便瞻仰。他想到的是巨大的海洋，是深海远航的人们，是它的百千岛屿，是它冲刷着的广袤的大陆；想到它把普拉塔河或奥雷亚纳河滔滔巨流接纳到自己的怀抱，而不受惊扰也不显抬升；他想到的是比斯海湾的滚滚海浪和海员——

> 一连许多白昼，许多恐怖的夜晚，
> 绕着风暴肆虐的好望角不休地劳作；

他想到的是夺命的礁石，是"还在折磨人的百慕大群岛"；是巨大的旋流水柱，想到沉没的船只及不可胜数的财宝被吞没在万劫不复的深渊里，想到鱼类和奇异的海怪，与它们相比，陆地上一切可怖的东西——

> 无非小虫而已，只可用于惊吓孩童，
> 哪能与深藏海底的造物僭称伯仲。

他想到的是赤身裸体的野人，以及胡安·费尔南德斯，是珍珠和贝壳，是珊瑚礁和魔鬼群岛，是美人鱼的窟穴……

我不便断言，这个少年明确的热望是期待着一次性地把所有这许多奇观都能展示给他看，但他具备一种强大的本领。这种本领，能让所有这些奇观的线索和影子混合在一起，活跃在他的脑海里，经久不衰。当实际的大海首次在他眼前亮相（最有可能也是在风平浪静的日子），让他从毫无浪漫情调的海滩看海，大海所给他展示的，只能是海上的一处斑点，海水的一涌滑动，除了是一种非常不尽如人意，甚至微不足道的娱乐，它还能证实什么？或者如果这个孩子是从一处河口进入大海，那只不过是河面增宽，还会更有什么？况且即便看不到了陆地，除去一个平直的、水天相连的地平线环绕在他的周围，他还能看见什么？与那广阔的、笼盖头顶的天空，那个他熟悉的、天天可见、不必惧怕也不必惊奇的实物相比，根本算不得什么——在相同的情景下，哪一个不想着同查鲁巴一道惊呼，像在长诗《盖比尔》里一样——

难道这就是威力无比的大海，这就是一切吗？

城镇或者乡村我都喜欢，但这可憎的王港，它既非城镇也非乡村。我痛恨这些灌木的枝条，从遍处尘土、缺乏营养的岩石间可怖的裂缝里，伸出它们饥饿的叶簇，不懂行的人称之为"青翠的海边草木"。我要森林，但它们呈给我生长迟缓的矮树。我渴望河水，渴望碧溪清清、在陆上汩汩作响。我不能整天站在裸露的海滩上，眼望大海捉摸不定的色彩，像垂死的鲥鲤变来变去。我厌倦了向海上张望这岛样的牢狱的窗户。我愿意退隐，到我内陆的囚笼里。在我凝望大海的时候，我是想航海、出海、跨海。海如锁链束紧着我，钢铁一样的坚硬。我的心思在大海之外，倘我在斯特福郡，我就不该作这般思量。这里没有我的家，在黑斯廷斯没有家的感觉。它是个不可久留的度假地，是海鸥、股票商、城里的女海神、向大海卖弄风情的小姐等五花八门的品类的聚集之地。如果它仍旧在它的原始形态，并一直保持它的本来状态，一处集市、一个本分的渔镇，再没有别的什么，那就很有意义——几处渔人的茅舍散乱地点缀四周，像海边悬壁，朴然天成，且连茅舍的造料也是就地取材，出自悬壁，那就很有意义。我不怕跟米设人住在一起，不怕跟渔家少年和走私商贩往来。在这里有许多，或者我在假想有许多走私商贩，他们的脸面变成了这个地方。我喜欢走私商贩，他是唯一的诚实小偷，他劫掠的只是税收——一个我从来不十分在意的抽象概念。我可以同他们一道驾舟出海捕鲭，或者搞一搞他们不宜公开的勾当，赚得一定的满足感。我甚至可以忍受那些单调乏味、可怜可悲的人们，他们日复一日地在海滩上巡哨，步履往复，永无尽头，以监视他们的违法乱纪的同胞们——抑或是同乡或兄弟——短剑（他们唯一的安慰）出鞘或入鞘时打着口哨，他们借防范服务这个温和的名义，在没有对外战争这样的不尽如人意的局势下，保持一种合法的对内战争的状态，以表明他们对逃离的荷兰人的憎恨，和对古老的英格兰的狂热。然而从城里来海边游览的影影幽魂，到这里扬言，他们和塘里的河鲈和雅罗鱼一样，不指望从这里得到什么享受，这样的言辞让我厌烦。我感到，自己像这些地方的一条傻里傻气的雅罗鱼，对自己、对他们都谈不上容忍。他们在这里能要求什么？如果他们真要享受大海，他们为什么要随带这所有的陆上行装？或者说为什么在这荒野里，搭起他们文明考究的帐篷？如果大海就像他们要我们相信的那样，是一部"可以从中读到妙理奇趣的书"，这些勉强可用的书屋——他们冠之以水上图书馆——是什么意思？如果像人们思想中的那样，他们来是要倾听海浪的旋律，他们愚蠢的音乐厅是什么？一切都是骗人的、空洞的伪装。他们来，因为这是一种时尚，是要破坏这个地方的自然之璞。正如我前面说过的，他们大都是股票商。然而我也观察过他们中间良善的一类——时不时可见一位诚实的公民（古风的印记尚存），以纯朴率真之心，偕妻子女儿前来海边领略拂面的海风。我总能得知他们到来的日期，从他们的面部不难看出。先头一两天，他们踏着海边的鹅卵石漫步，捡鸟蛤壳，以为那是了不起的东西，但勉强过上一周，想象停滞了，他们开始发现鸟蛤壳不出珍珠，然后——哦，然后！如果我可以替这些可爱的人们作出解释（我知道他们没有勇气自己承认），他们是多么乐意把海边信步替换成礼拜日远足，脚踩他们熟悉的退肯南牧场绿茵平铺的草坡！

这些对大海着迷，自认为真正热爱功能广阔的大海的移民们，我想问其中一位，如果这个地方的某些不谙世故的土著居民，受到他们在这里彬彬有礼地提议的鼓励，确信在他们自己之间肯定达成牢靠的共识，大胆好奇地来一次回访，要游览——伦敦，他们会作何感想？我必须想象，他们背扛捕鱼器具，就像我们要扛着我们的城镇必需品一样，这会在罗斯柏瑞街激起什么样的轰动！在——

奇普塞德的小姐们，和龙巴底街的太太们

中间，这会引起何等激烈的狂笑！

我相信，城镇长大的人，或内陆出生的人，没有一个能够在海洋地区感受到真正的、自然的滋养与繁荣，大自然假如不想让我们做水手和流浪汉，就要求我们待在家里。那咸味的浪沫看来滋养的是暴躁的脾气，我连在养育我的温柔恬淡的河水边一半的温和脾性都没有了。我愿意把海鸥换成天鹅，永远在泰晤士河岸边放飞燕子。

大病初愈

一种被称为高烧的病状剧烈发作，让人非常难受，在过去的几个星期里将我变作了囚徒。病状到现在才慢慢退离，搞得我顾不得思考病症之外的任何问题。我不指望本月能给我作出身体健康的结论，读者阁下，我只能把病人的梦幻之想呈给你。

说实在的，疾病的整体状态就是这个样子，一个人除了躺在床上，四面拉上帘子遮住白天的光，陷入自己华丽的梦想；除了把太阳关出去，致使他对它的光耀里发生的一切活动统统淡忘；除了一个柔弱的脉搏的跳动，对一切生命活动都麻木不仁，除去这许多之外还能做得什么？

如果存在一种大有帝王派头的独尊独处，那定然是病床，病人在那里怎么主宰一切，他的行为多么随心所欲，不受辖制！他拽动、摇摆他的枕头，多像一个君王——将它翻转、摆动、调位、放低、敲打、铺平、隆起，当然这些都是跳动的太阳穴不断翻新的要求。

他辗转反侧，变换起立场来比政治家还要频繁。一阵子他全身平铺，接着又缩作一半，斜着躺，横着卧，头和脚担在床两侧，没人会指责他的这种变幻无常。在四挂帘子里面，他是绝对的专制独裁，它们是他的势力范围。

疾病是何等夸张地让一个人扩大自己的自我价值！他是他自己独有的目标，他极力主张极端自私，并把自私作为他唯一的责任，对他来说极端自私就是他的法律条规，除了怎么恢复健康，他什么也无须思考。门内门外发生的一切，纵然翻天覆地，他定充耳不闻，无动于衷。

还在不久前他极为关注一桩诉讼案的进程，他最亲密的朋友，或一举成功，或一蹶不振，尽皆系于此案。人们见他为了这个人的事情而匆匆奔走在该镇的五十个地方，提醒这位证人，叮嘱那位律师。案件昨天审理，他对案件结果完全彻底漠然置之，好像这事远在北京，与他毫无牵连。或许整幢房屋里传播着某些窃言私语，不是要他听见，但他还是捕捉到了足够的信息让他自己明白，昨天法庭上的局面不好扭转，他的朋友被毁掉了。然而"朋友"一词和"毁掉"一词像好多黑话一样，在他那里引不起惊扰，除了怎样让病情好转，他什么也无须思考。

在那种劳心费神的思虑中竟然融入那么多事不关己的烦恼！

他披上了一副坚硬的疾病的铠甲，病痛像一壁坚壳，无情地卷裹着他。他用可靠的锁具和钥匙，像保存珍稀的葡萄酒那样，保存着自己的恻隐之心，专供自己享用。

他躺在床上，顾影自怜，自我消磨，自我呻吟；他怀念自己的过去，想到他蒙受病痛的这般折磨，他五内俱焚，他自我饮泣也不觉丢人现眼。

他总是在谋划怎么让他自己得点利益，钻研些小小策略和人为方法，以缓解痛苦。

他最是无微不至地对待自己，在可以认可的想象中，按病痛和伤痛的部位把自己分解成许多不同的个体。有时候他颇费思量——好像是对待一个身外之物——思量他疼痛难当的可怜的脑袋，不管是昏睡还是清醒，那漫长恼人的疼痛或者说像一根原木，前一天的一整夜横卧在脑袋里，或者说像是个伸手抓得住的实在物件，似乎虎踞在那个地方，不打开脑盖壳就搬不走。抑或他又同情起他冰冷潮湿、瘦削不堪的手指。他从头到脚，心疼自己，他的床恰好是人道的准则，恰好是怀柔的人心。

他只怜恤同情自己，且本能地感觉到任何人都不可能如此尽责地发挥这种功能。他很少关注他的悲剧的目击者们。只有见到如期而至的老保姆的脸能让他高兴起来，那表明他该喝他的鱼汤、喝他的果汁了。他喜欢那张脸因为它是那么老成持重，也因为他可以肆无忌惮地，就像是冲着他的卧床支架那样当着它发泄他的焦躁与不安。

对世间事务而言，他是死了的。他不懂得人们该做什么或在做什么，只有大夫每天例行察看时，他才有人们的这些活动的微弱意想，而即便是从大夫那行色匆匆的脸上，他也读不出人家还有许多病人需要照料，因为他的意识里只有他自己是病人。至于这位好心人溜出他正在卧病的房间，小心翼翼地收起他微薄的诊金，生怕弄出沙沙作响声，又要匆匆忙忙赶往另外哪一处心神不安的病床——这些就不是他眼下所能思索的了，他只思想明天的同一时间这位救星照常光顾。

合宅之内流言四起，他则不为所动。有些微声低语，他也不清楚是在嘟哝什么，但能表明在房屋之内有生命活动，这就让他踏实。他不想知道什么，也不想思考什么。仆人们在远处的楼梯上，蹑手蹑脚，轻上轻下，像脚踩绒布，只要他不自找烦恼，追根溯源，徒劳地臆测他们正在忙乎什么，这种轻声细响足够让他的耳朵有所知觉。更为准确的知觉对他是负担，他只能承受得住猜想的压力。恍恍惚惚他听到闷闷的叩门声，他慵慵懒懒睁开眼睛，也不问一声"是哪位"就仍旧把眼睛闭上。想到会有人照常依例询问他的病情，他觉得很有面子，但询问者姓啥名谁，他却不在乎知与不知。在满宅惯常的宁静和阴森的死寂中，他静享众人的看探，感受着自己的至尊地位。

生病意味着享有君王式的专权。别人服侍他脚步轻盈，手法温柔，几乎仅用眼睛。待他略有好转，则同是那些仆从，他们的姿态漫不经心，出入不合章法（把门甩出响声或干脆让它们敞开着），前后两者作比——你会承认，把你从病床（让我说，我宁愿称之为王位）移到康复期的扶手圈椅，等于从至尊至贵跌落到罢黜爵位。

疾病康复就这么离奇，让一个人缩回到他原来的声望与境界！在他自己的眼里，在他家人的眼里，他不久前还曾占据着的地位到哪里去了？

他行施王权的场所、他卧病的房间，是他眼下的居室，他躺在这里发布政令，实施着他的专制幻想——现在多么不可思议，竟被降格成了一间普通卧室！床还是那张床，虽然整洁干净，却卑微无趣。现在每天都要整理它，这是何等的昔非今比！仅在不久前，它的形象可是波浪起伏，褶皱纵横，翻卷如大海。那时候要整理床铺，是必须经过三四天甚至更长时间的颠覆变革之后才可考虑的一项差役。其时病人须忍痛含悲，被搬离床位一阵子，为求整洁和体面而屈服退让。须知这是不受欢迎的，也是他摇摇欲坠的骨架所坚决抵制的。接下来再被搬回到床铺，另间隔三四天之后，床铺又被折腾得失掉了形状，其间的每一处新皱褶，就是一处某次改换体位，某次忍痛翻转，某次寻求缓解的历史记录，揉皱了的被罩护单比皱缩了的皮肤讲出的故事更为真实。

那些神秘的叹息沉寂了——那些呻吟——更为可怖，而我们不知道它们是从哪一处潜藏着无限痛苦的洞窟里释放出来。列尔纳毒箭的创伤之痛已经平息，疾患之谜已然解开，英雄菲罗克忒斯现今成了个普通人。

医生依旧来访，不见中断，这也许让病人的伟大梦想的某些遗迹幸存下来。然而随着其他情况的改变，看这医生改变成了什么样子？这会是他吗——这位消息灵通、东拉西扯、逸闻连连、百行通晓，独不问诊的人，这会是他？新近在病人和病人的仇敌之间匆忙奔走，像受造物主庄重派遣的一位使节，造物主要把她自己树成一位至高无上的斡旋者？嘘！好个造物主，而今变成普通老妪了吧。

同他说再见吧，让疾病变得自高自大的一切因素；再见吧，让导致整所家宅不敢高声的魔咒，在最中心的房间里到处都能感觉到的、像荒漠一样的寂寥，无言的服侍，眉目传递的问讯，更轻柔、更审慎的自我护持，仅只紧盯自我、色彩专注又专一的眼神，世事考量一概排除，一个只有他自己的世界，他自己的剧场——

他被缩减成了多么微小的一星斑点！

病后初愈是疾患退潮后留下的一片平坦稀松的泥沼，牢靠坚实的健康地面尚远远没有形成，亲爱的编辑先生，就在这样的时间，您的手谕到了，约稿要我写一篇文章。我想，写文章关我生死，但毕竟不是容易的事。不过尽管有点怆然，这进退两难的境地还是解救了我。这样的召唤，虽然算不得恰到好处，却似乎再一次把我同久违了的生活琐细连接了起来，这是一记要我投身行动的轻声呼唤，不管它多么微弱。这是在号召我完全摆脱那种沉溺于自我的荒谬可笑的梦幻状态——生病期的自我膨胀状态——我承认我在这种状态下沉沦太久，对人间的期刊、君国大事、法律典章、文学动态，一概麻木不仁。病态正在消退，我在想象中能够把持得住的领地——因为病人在只考虑他个人的痛苦时自我夸大，直到他变成了自己的提提俄斯——我的领地正在荒芜，而变作巴掌大小。最近一个时期我自封为自高自大的巨人，是您又一次让我还原到本真面目——贵刊的那位瘦削蹩脚、人微言轻的小品文作者。

神智健全真天才

　　杰出才子（或用我们的现代说法称为天才）是与精神疯狂症有一种必然联系的，这样的观点远远谈不上正确无误，相反地，人们发现才子之最杰出者，往往是作家中之神智最健全者。要人们在思维里构想一位疯癫的莎士比亚是不可能的。这里说的才子的杰出天赋，要主要理解为诗歌创作的才能，它表现为人的一切能力协调发展，令人仰慕。疯癫则指人的某一种能力过度开发，失调利用。考莱在谈到他的一位诗友时如此说道——

　　　　造化赋予他高超的天资，

　　　　万物足可征服，唯独奈何不得他的见识。

　　　　他的见识如昊天托出的明月，

　　　　泻下光芒，让浩瀚的大海宁息。

　　这个错误观点的根源，在于人们从高水平的诗歌摄人心魄的神韵里，发现了一种无可比拟的高度，而在他们自己的经历中，这样的高度除了梦里幻象和高烧幻觉中有虚假相似之外，不敢有所企及，于是乎把梦幻和高烧的狂态附会给了诗人。但真正的诗人梦寐以求的是保持清醒，他不受主题的支配，而要驾驭主题。在伊甸园的茂林里，他闲步姗姗，就像脚踩故里，熟门熟路。他扶摇直上融入苍穹，而不如狂如痴。他踩上炽烈的焦土而不沮丧泄气，在混沌无序和"夜的古国"里，他可以胜利飞掠而不迷失自我。或者如果丢弃自我，而进入"人类思维无形"那样更严重的混沌状态，竟一时乐意于同李尔王一起发疯，或同泰门一起痛恨人类（也是一种疯癫），那这样的发疯和痛恨都不是无所规约，而是——尽管他大多表现出似乎要放任理智的控制，但他从不让理智完全消失——他的更高明的天赋依旧向他耳语，善良的仆臣肯特向他提出更加睿智的劝告，忠实的管家弗莱维斯向他进诚更怀慈念的决策。在他貌似最远离人道之处，人们会发现他对人道最真最诚。如果他要在自然造化的领地之外，塑造可能的生命存在，他让这些生命存在，服从于造化所秉持的协调共存的法则。即便当他在表面上最坚决、最彻底地要背叛她、丢弃她，而事实上他会尽善尽美地忠于这位至高无上的领航女神。他的空想的部族也有章可循，他笔下的猛兽怪物在他手里显得驯服温驯，甚至就像那疯狂的海怪，甘心情愿受普洛丢斯的掌管。他用血性柔情驯化它们，装扮它们，直至它们自己惊叹自己，恰似印第安岛民被迫接受欧罗巴礼俗的约束。凯里班和女巫们也像奥赛罗、哈姆雷特和麦克白，真实地遵循着他们各自本性的法则（我们的法则有所不同）。在这里杰出之才和平庸之才就有了界线，平庸者如果稍微游离了自然本性或现实存在，他们就会迷失自己，也丢掉了读者。他们的幻象无章法可循，他们的想象犹如噩梦。他们不事创造，因为创造意味着形象塑造和首尾呼应。他们的想象不在乎生动活泼——因为欲要生动活泼，就必须要事物动而有力、止而有形——而在乎消极被动，犹如恶作之人进入病态梦魇。至于超自然，或者换个说法，给我们所理解的自然附加超乎寻常的意蕴，他们向你描述的是赤裸裸的背反自然。如果仅限于此，如果这样一些精神幻象仅见于他们处理自然之外的主题或超验主题的时刻，那这种时刻的见识，倘若失之蛮横无忌，甚至有些狂放不羁，还是可以找到借口予以宽恕的。但问题是即便是描摹摆在眼前的真实的日常生活，这些平庸之辈中也会有人偏离自然——更多地表现出不合逻辑，少不得让人联系到狂乱——这样的偏离更比威瑟在某个地方作如是称的旷世奇才"最疯癫的发作"有过之而无不及。我们随意列举一个熟悉莱恩的普通系列小说的人，这些小说大概在二三十年前就问世了，是整个女性读者群体的差强人意的智力滋养作品，直到一位天才应时而生，才把缺乏营养的幻影永久驱除。——我们来问询被列举人，他是否发现这类小说使他的大脑遭受更多"颠荡"，他的记忆更加迷乱，他的时间、地点感更为含混，因为置身于不可能发生的事件、条理不清的事件、前后矛盾的事件之中，或者安排三流恋爱情节，充斥着缺乏个性的人物——其中的人物可能就是一位葛兰达莫尔爵爷和一位利沃斯小姐，场景无非就在巴斯大道和邦德大街之间换来换去——在他那里诱发的混沌迷惑的梦境幻觉，远比穿行于斯宾塞笔下的所有仙境神地中体验到的更多。在我们谈论的这类作品中，只有人名和地名不陌生，其中的人物既不属于这个世界，也不属于可以构想得出的任何一个世界；没完没了的关于活动的流水账，没有什么目标，有目标也没有什么动机——我们在已知的领域里遇上了幻影，是只有名称的怪物。在诗人那里，我们读到的名字，明明白白说是虚构，而且我们根本就不涉及什么地点，因为《仙后》中的事件和人物，不枉谈他们的"行踪驻迹"。然而一旦进入他们的内在本性，了解了他们的言谈行动的法则，我们自会感到自在如家，踏上了熟知的热土。平庸之作把生活变成了梦想，天才之作在最混乱的梦想里植入日常事件的清醒及冷静。是什么样的追寻心理过程的巧妙的艺术手段实现了这样的效果，我们尚不够练达，作不出解释，但在财富宝窟那段妙趣横生的片段中，财富之神起初以一个最低等的守财奴形象出现，然后是个金银匠，变作世间一切财富的主宰者。他育有一女名唤"野心"，所有世人都在她面前跪求恩典——还写到赫斯皮里狄斯的苹果，坦塔卢斯的水溪，还有彼拉多也在那同一水溪里清洗自己的双手，徒劳但并非无缘无故，致使我们必须一阵子在一处藏宝古洞里，又一阵子在独眼巨人们的锻造铺里，同一时刻又要置身宫殿，又要置身地狱，在最杂乱的梦境里转换变化，漫无头绪，但我们的判断力一直清醒，发现不了有什么谬误，也不愿发现有什么谬误。这个片段足以佐证，表面看来最为混乱的离奇怪诞的事件中，那种潜在的健全神智依旧导引着诗人。

要说这整个片段是对睡梦中大脑的思想的一种描摹，是不全面准确的，在某种意义上说，它是一种描摹——但这是多离奇的描摹！让我们当中最浪漫的、一整夜享受狂暴猛烈又华丽壮观的想象奇观的一位，到了早晨把这奇观重新组合起来，用他清醒的判断力检验一番。当一种能力处于消极被动状态，那显得如此变幻不定，却又如此合乎逻辑的情境，一旦经过冷静沉着的审视，却又显得如此不通情理，如此不相关联，以至于尽管是在梦里幻境，我们会因为受到这样荒谬的误导，会因为把怪物误作神灵，而深感汗颜。不过这个片段中的每一处转变中的每一点一滴，都像最怪诞的梦幻中一样，粗暴而激烈，然而清醒的判断力却能证明它们处处合情入理。

杰克逊上尉

    在本日的死亡讣告中，我看到的一则"杰克逊上尉，去世于巴斯大道，他的茅舍"让我关切。姓名及描述再普通不过了，但一阵痛惜之感让我相信，这一位事实上不是别人，正是我亲爱的老友，二十五年前他在距离西溪格林大约一英里的地方租了一间公寓房，他乐于用讣告中的这个名号称谓它，以赚得几分尊严。痛哉，善良的人们以及他们对我们行过的积德的好事，从记忆里溜走得何其迅速，只能通过形如摆在我们眼前的某一样令人伤感的遗物引起的惊异，才能回想起他们来！

    我是在说一位领半饷的退休军官，他有妻子，有两个成年女儿，两个女儿是长得很好看的女孩子，他要用那点微薄的职业津贴，让她们维持上层妇女的做派与理念。

    有这个危险吗？我会忘掉这个人——他那些让人情绪高涨的晚宴——当你第一步踏进那所茅舍时，感受到的热情好客的贵族语调——对你奉侍备至，殷勤有加，其实他那里很少有，或者干脆没有什么（天知道）可资奉侍。可怜的托盘上放着阿尔泰亚的牛角——自我陶醉的力量，更兼他有讨你欢娱爽快的奢华愿望，使他的翻新招数到了慷慨大方的程度。

    你肉眼所见，实实在在看上去就是裸露的骨头，上一餐省下的冰冷的剩余——残汁剩渣，几乎不足以打发倚门而立的乞丐，让人家满意而去。然而出于不穷不尽的愿望——你的主人公得志中的想象，"开动脑筋，开动脑筋，夏洛少爷"，数头全牛，排开在你面前——百牛盛宴，似乎是说不尽的铺张排场。

那像是寡妇的油壶——面包片和生鱼片，切切割割不足以使其减少，也不足以使其缩小，耐久力尚存，基础的骨头仍旧繁茂兴旺，不会出现意外事变。

"得活命时且活命"，我好像听得见这位乐善好施的好人在宣扬，"若得拥有，切莫吝惜"，"有剩有余，足矣"，"殷实而无缺"——还有更多类似的好客待客的谚语，刺激胃口的诱物，随伴着烟具以及为饱餐一顿而勇往直前的旧客。然后欢快古怪的一句"更接近骨头"之类的话之后，他向他妻子或女儿的盘子里轻轻放一片格洛斯特硬干酪上的一小块，把残渣剩皮搬到自己的盘子里，一并声称，他一直喜食外层的东西。因为你须知道，餐桌上我们有我们的区别的，我们中有人须按规矩坐上席，只有他的客人或客人们梦想着的夜间品肉的奢华，这些碎屑全然不足以作好客之用。然而也总会有一样或另一样什么，常常足够，且有剩余：有时候只有他会吃掉剩下的外皮碎渣，以表明他不希望节省什么。

我们不喝葡萄酒，除了极个别时刻，也不喝烈性酒，但喝葡萄酒的气氛感是有的。我记得是一种淡啤酒——"不列颠佳酿！"他会这么说。"小伙子们，不要停杯！""姑娘们，为心上人干杯。"每呷一小口后都要发表祝酒词，唱祝酒歌。品味美酒的一切排场都是有的，所有效果无一失缺。闭上眼睛，你会肯定地说，一大碗潘曲酒在餐桌中央泛着泡沫，波尔图葡萄酒或马德拉白葡萄酒，盈杯溢盏，从餐桌的每处角落放射出炫目的光束。不知从什么时候起，你开始心乱神慌，醉言诳语，在他酒后狂态的那种潜移默化的煽情纵容之下，你脚步踉跄。

我们也唱歌——《大兵啊大兵》，还有《不列颠掷弹兵》——唱到最后我们都必然是大合唱。两个姑娘也唱歌，她们精熟在行的是一种夜间唱曲，他给这些唱曲冠以大师的演唱——"不用花销"，作为大师，一项他也没有获得过，但"对年轻女孩子很有必要的技巧"。然而接下来——"没有乐器伴奏"，她们唱不出来。

贫穷的秘密是神圣的秘密，永远不会由我亵渎！我难道应该揭穿你寻求显赫尊贵的真诚目标，揭穿你为求华美壮观而使出的权宜之努力？睡着吧，假如有一组琴键尚在，就让它们与所有的破败的琴键一道沉睡吧；祖上已有上千根拇指叩击过它们了，尊贵的破损的拨弦古钢琴曾经属于更尊贵的路易莎！不必提及我的声音，沉默吧，你这柔弱的伴奏者曾伴奏过她更柔弱的颤声！在这位被心满意足地误导了的父亲的可爱的、欣喜的脸上绷上一具面罩，他现在可能正在欣赏天使的仙乐，当她唤醒你岁月磨损了的琴弦，呼应那纤柔的嗓音的意象发出的啾啾声时，他感受到的是少有过的刻骨铭心的快意。

我们之间也不无文学交谈，入题不深，但就那个深度论，谈得也十分来劲，我们交谈的根底不坏，大有拓开的基础。茅舍里有一处房间，传统习惯上被明确地认为，就是在这个房间，格罗弗尔曾时不时隐退移居，并完成了他的《列奥尼达》的大部分手稿。这个情况每晚都被引用，尽管我可以看得出，在场人员似乎没有一个见过这里提到的这部诗作。但那没有关系，格罗弗尔在那里写作过，这则逸闻已白纸黑字载入族谱，讲述着家庭的显赫。它给整个公寓散射出学问气息，透过公寓的小侧窗（诗人书房的窗户），可以收幽览胜，远眺哈罗公学漂亮的尖顶，看遍家族领地和祖业田亩。我们的主人公没有资格声称哪一寸或哪半码是他自己的，但在他的内心里，这是给他的机会，借以无节制地扩张虚荣心，我可不可以这样说？——就像他在一个扬扬自得的夏夜表现出的那样——一切都是他的，他把一切都据为己有，并与他的客人们进行丰富的大量的互通有无。在他的土地上，他把这些示人的时候，便俨然主宰，而毫无疑问，你面对他的飞黄腾达，只能仰瞻其项背。

他算得上是个杂耍家，能在你的眼前扬尘飞雾，你没有时间探清他的破绽。他常会说，"把那副夹糖银钳给我"，而后你会发现那只是个简易的汤匙。给汤匙镀完银，他又会把"陶罐"称茶壶，把普普通通的长凳称沙发，用这类误称来扰乱或迷惑你的想象。富人们带领你参观他们的家具，穷人们引导你躲开他们的家具。他不带领人参观，也不引导人躲开，而只执着地认定，他的每一样物件都是上品。你在茅舍看到了什么，或者没有看到什么，你自己肯定说不清楚。他无以为生，却似乎无不可赖以为生。他在心念中储存大笔财富，不是那种可称之为实物积贮的财富，因为事实上他根本就没什么可以装贮的，而是凭借华美的自我幻觉的力量，让财富横流，漫溢淹没一切界限。

人的热衷是相互传染的，就连他的妻子，一个头脑清醒、土生土长的北不列颠人，通常看待事物都要比本来面目夸大，对丈夫那种矛盾百出、自欺欺人的伎俩不予揭露制止。他的女儿们倒是反对感情用事、谦逊谨慎的年轻女性，总体上讲，也许对他们的真实处境并非无所知觉。我时不时地看见她们表现出勤于思索的特点。然而她们的父亲富甲天下的幻想占据非常强势的主导地位，致使我相信，她们在一起坦诚直面她们自己的景象的时间不会超过半小时。他生性里的那股旋流无可抗拒，他的放纵无度的想象，魔术般地在她们眼前变出种类繁多的出路，这让她们在世人眼里也高高在上，但最终似乎让她们认清了自己，因为后来据说她俩结婚了，且很体面。

　　时隔久了，关于有些话题，我的记忆已模糊昏暗，否则，我应当传达这位趣谈人物描述自己的结婚日的情形时的方式与理念。我隐约记得他是那天早上驾一辆四套马车，驶进格拉斯哥城接新娘子到家，或是拉她进城的，我忘记是哪个情形了。这一幕完全可以由一首古老的民谣予以写照——

　　　　当时我们一路来到格拉斯哥城，
　　　　我们郎才女貌，是一派惹眼的景象；
　　　　我的心上人，一身纯黑丝绒，
　　　　我自己穿一套深红深红的婚装。

　　我猜想这是唯一的一次，他自己的真实的风采与世人关于那个主题的概念完全吻合。事有凑巧，在那些谈不上什么良辰美景的日子里，他们坐着普普通通的马车或活动房式旅行车，或不管什么简陋的车辆，这时格拉斯哥城之行在他的幻想中重现，不是一种让人自惭形秽的对比，而是一次还原那一天的实况的绝好机会。看来这是一种"永久的设施"，一旦安装上去，命运的力量和幸运的力量，都不可能在以后的时间里移除得了。

给穷困的境况装上一副耐看的面孔，还是有些益处的，在陌生人面前欺瞒、蒙混、大大咧咧地对待窘困，有时候也值得称道，提布斯和吹牛大王，即便在被揭穿的时候，我们对他们的崇敬远多于我们对他们的轻蔑。然而一个人如果欺骗自己，在家中玩吹牛大王的把戏，贫穷淹没了双唇，却幻想自己一直被财富浸溺到了下颌骨，这就是对人生观的本质和主宰命运的歪曲，我的老朋友杰克逊上尉就是这样一个人。

高雅文风谈

　　文艺批评界普遍认为莎夫茨伯里阁下和威廉·坦普尔爵士的作品是高雅文风的典范，我们该更准确地说——贵族气派和绅士风度。莎夫茨伯里夸大其词，考究过分，笔触狂热，坦普尔平实自然，娓娓而谈，笔触闲适，二者差别之大，实在是泾渭分明。看得出两位作家均出身于上层社会，但其中一位仅是优雅恭谨，谦谦暗示，而另一位则凸然兀立，咄咄逼人。贵族运笔，动辄头顶冠冕，伯爵的披风赫然眼前；平民写作则一身便装，端坐于扶手圈椅。退了休的外交家坦普尔在申恩他所喜爱的隐居处，笔耕不辍，看他从自己的小品文里徐徐露面的神情，还会有什么比这更让人快意？这些文章饱沐奈梅亨和海牙的气息。很少有人会把驻外使节作为权威出处加以援引。葡萄牙驻英国的一位公使唐弗朗西斯科·德·梅洛对他讲，在他的国家，经常发生这样的事，有些人由于年龄或身体其他机能的衰退，致使他们被断定最多只能指望一年或两年的寿命期限。在这种情况下，他们会自发搭乘巴西船队，远航巴西，凭着那一股活力，随着那一程迁徙，他们恢复了健朗。到巴西之后，会大幅度延年增寿，有时候竟达二三十年甚至更长。"究竟这样的收效（坦普尔形态优雅地补充说）是由于空气，还是由于那种气候下长出的果实，或者是由于离太阳更近，因为当他们自身的热量衰退到了这种状况时，太阳就是他们的光热源泉，或者是不是由于要拼长一个老人的寿命，就需要经受这些苦难？我说不清楚，或许也会有得不偿失的情况。"蓬波纳先生，"他那个时代（威廉爵士时代）的法国驻海牙大使"，向他证实，他活了这些年，从未听说过有生活在法国的人长命百岁；老先生把这个寿命局限归咎于法国人享有太优越的气候，从而给予他们非常生动活泼的心境与情绪，致使他们与其他国家的人们相比较，把精力投入更多的不同类别的享乐。大使先生对这个问题进行了非常合乎情理的反省。前任莱斯特市罗伯特伯爵，给他讲了德斯蒙德伯爵夫人的故事，伯爵夫人于爱德华四世时期侨嫁英国的外邦，一直活到詹姆斯王治下很久时期。还是那"同一位达人显贵"向他讲述，同是在詹姆斯王时期，有那么一年，一帮莫里斯舞手，巡回表演、遍及全国的故事。这是一个由十个跳舞手、一位玛利亚圣女和一位小鼓手兼风笛手组成的小组，这十二个人年龄相加就是一千两百岁。

"这么讲（坦普尔说），与其说是在一处小县（赫特福德郡）竟有这么多人活到那个年龄，倒不如说他们竟有那样的活力和心境，漫漫游荡，翩翩起舞"。他的一位"海牙的同事"苏里钦先生向他介绍了一种治疗痛风的方法，得到了住在那个镇子上的另一位公使塞兰尚先生的证实，因为他试验过这种疗法。拿索的老王子莫里斯不无抱怨地向他介绍使用吊床，王子本人被"那些不停地摆动摇晃、四面通风的床"引诱，在那上面睡觉，同时也在遭罪。艾格蒙特伯爵和"去年夏天在梅斯特里赫前阵亡"的莱因格雷夫，也给他讲述了他们的经历。

然而作家排定座次从来就不该简单行事，好比他从来就不该想当然地认为外国人应当赞美他的果树，二者的道理是一样的。对于我们所推崇的口味鲜美、长相完美之最者，他可以真实地说，遇上年景不坏的年份，在申恩吃过他种的蜜桃和葡萄的法国人，一般会总结说，这水果中间最低等的也与他们在法国、在枫丹白露这一侧吃过的一样美味，而最上等的就跟他们在加斯科涅吃到的一样优质了。意大利人附和说，他的白无花果跟意大利境内的一类白无花果一样优等，这种无花果是当地的早熟品种，因为在气候暖热的地区，这种早熟种，还有蓝色无花果，我们是得不到的，就像在那种气候条件下，得不到弗龙蒂尼昂或马斯喀特葡萄一样。他的柑橘树，也跟他年轻时在法国见过的或者与他后来在低地国家见过的一样大，当然枫丹白露的柑橘树和柑橘王子园的很古老的一些柑橘树，需要另当别论了。关于葡萄，他很荣幸把不下四种品种带入英国，他在盘算，在猜测，到了这个时候，这些葡萄在他周围的一些园丁，还有若干上层人士那里，都应该很常见了；因为他的想法是，所有这一类东西，"越是寻常可见，越好"。他不无园圃学究之气地声称，他几乎不置疑问，在北安普敦郡以北的远北地区，种植任何一种品质最优的水果，如蜜桃或葡萄，几乎都是徒劳无益的。他表扬"科塞福特的曼斯泰地区主教"，在那种寒冷的气候下只尝试种植樱桃的做法，这种学究气同样地令人快意，也独具个性。"也许可以允许我（他就这样，用一段可以与考莱相媲美的文字，结束他的优美的花圃品文）懂得一些这个行当，因为很久以来，我把自己多有荒废，致使我对其他行当一无所知。很少有人会是这样，或者说，很少有人会在欣赏他们的花园的同时，不去经常眼观六路，察看其他因素如何发生作用，察看现状的动向是什么，还要察看它们需要往别的场景里引入什么元素。就我本人而言，正如乡村生活，尤其是有关园林，是我年轻时代的取向，这同样也是我长大后的意趣所在，因而我可以坦诚地说，有许多人人向往的职业，曾把机会之门向我敞开，但我从来没有索求或追寻过任何这些职业，而是经常努力避开它们，以便进入私人场景的那种悠闲与自在。有了这种境界，一个人可以在生活的寻常路径和圈子里，踏着自己的步子走自己的路。一个人的选择是否得当的衡量尺度，是看他是否喜欢他所做出的选择。我要感谢上帝，这样的选择降临到了我的头上。尽管在我一生的不尽如人意的拙行中，修筑与种植占了很大部分，我为之付出的代价超出了我的自信可以承认的限度，然而这样的退隐带来的甘美和满足，完全补偿了付出的代价。自从我决计永远不进入任何公共职业以来，尽管城市与我几乎遥遥相望，并且我在城里拥有一处房舍，一直准备着接我入住，我还是过了五年的隐居生活而没有去过一次城里。这不像有人思索的那样是一种矫揉造作，而只是缺乏施行这样一个小小的迁移的欲望与心境，因为当我就这样偏安一隅，我才真正可以与贺拉斯一并说——

> 论我，当冰冷的迪格特之溪复苏，
> 我的朋友会认为我作何想，谓我何求？
> 生命留给我的无论是什么剩余，
> 为了生存，还是让我减少一些占有。
> 但愿我有足够的书籍，有整一年的存储，

而不依赖于每个钟点的期期艾艾的理由，

这样则足以任由威力无比的众神之父，

随意祈祝，任他赐予，任他夺走。

　　总体上讲，坦普尔的文笔就是取法于这样的模式。事实上他的以顺乎天性、唯情是从的才气，有一次促使他构造出一系列俳句，可谓浑然天成。很显然，可以这样说，这些俳句是艾迪生和后来的小品文作家的行文圭臬。他说："如果健康可以用黄金买来，谁人会不愿意假借情理而贪婪无度？如果野心处在权力的要求之下，或由荣耀支撑掌控，谁人不会野心膨胀？然而不幸的是，一根白色手杖，不比一根普通藤条更能有力地辅助患有痛风的脚走路，蓝色的缎带用来包扎伤口，未必比家常布带更有疗效。黄金和钻石的光芒射向疼痛的眼睛，让眼睛感到的是刺痛而不是疗治，作痛的头颅戴上王冠和戴上普通睡帽一样，不能使疼痛缓解。"他的《漫话诗学》一文的结尾诸句，风格更加潇洒飘逸，与他自己简单朴实的谈吐更加珠联璧合。坦普尔参与古学与今学之辩论，在像他这样一个老者那里，那样的偏颇显得如此自然又如此优雅。他身为国使，公务繁忙，无暇涉猎现代作品，而退休赋闲，又使他有机会回炉他年轻时代的古典研究——这决定了他对后者情有独钟。他这样说："可以肯定，或者是哥特式残酷的幽默，是它们连绵不断的战争的喧嚣，吓跑了灵气，或者是现代语言混杂失衡，不足以承载灵气——诗歌和音乐两个领域里的巅峰之作与不朽之作，都随着罗马帝国和罗马学术的衰落而衰落，并从那以后就从来没有恢复到昔日那种广受关注、尊崇之敬和称赞之声无处不在的境界。然而诗歌和音乐没有离开我们，我们必须承认，它们带给日常的岁月和生活的，是最柔和、最甜美、最广泛、最质朴的享受。它们在王子的殿堂，在牧人的茅舍，都能找到自身的位置，它们发挥的作用在于复苏并激活穷困懒散的生命里的死寂的气息，减轻或分散最伟大的人们和最繁忙的人们内心的剧烈情绪与躁动不安。这两类效应对人类生存同等重要，因为人类的心灵好比大海，在风平浪静和在风暴汹涌的时候，给看海人和航海人都带不来愉悦，但当微风轻拂，细波荡漾的时候，则使两者都感到赏心悦目。人类的心灵，在受到温柔适意的激情，或和悦自在的感情的感动时，也会是这样。我十分懂得，许多通过表现深沉来伪装智慧的人，易于鄙视诗歌和音乐，把诗歌和音乐当作玩具杂耍，太过轻微，不足以让严肃的人们拿捏欣赏。但我想，不管是什么人，只要发现自己对诗歌与音乐的妙处全无知觉，都必须保持自省自戒，以免责难他们自己的性情，让他们本性中的真善美陷于疑云四起的境地，甚至殃及他们的理解能力。这个世界在延续，毋庸置疑，这两种娱乐的快意与需求也会延续，因此那些满足于诗歌和音乐的人们，或满足于其他这般轻松、这般质朴的娱乐的人们，是幸福的，他们不会给世界和他人以搅扰，因为即使无人打击他们，他们自己也不会保持沉寂。当这一切都实现了，（他总结说）人类的生存就达到了最辉煌、最美好的佳境，只是它像一个顽皮任性的孩童，我们必须与它戏耍，必须给它来点幽默，让它安静，直到它入睡了，随之也就用不着再为之焦虑了。"

婚　礼

上星期接受邀请参加一位朋友的女儿的婚礼，这是我所知道的最让人高兴的事。我喜欢参加这样的一些仪式，这在一定意义上，让我们上了年纪的人回归青春，回忆我们自己的成功，还原我们最快乐的时光，或者回忆我们自己年轻时的失望以及此生的命运不尽如人意的安排之类的缺憾，这让人同样动情。每逢这样的场景，我会在随后的一两个星期内神清气爽，享受想象中的蜜月。我没有家眷，朋友家庭的临时接纳屡屡让我赚足面子，这时候我感觉到我当同辈亲戚、长辈亲戚的滋味。我被导入辈分不一的亲情关系，加入这个小圈子参与社交的时候，我能暂时搁置光棍汉的寂寞与孤独。这种心境会伴我很久很远，即便是在关系要好的朋友家出了丧事，我也不便丢弃它。但还是言归正传吧。

这桩连理之好，本身早已盟约笃定，但它的缔结仪式愆延至今，在相爱的人之间悬而不决，几乎到了情理不通的地步，这都是因为新娘的父亲不幸深受一种顽固不化的偏见的影响，认为女孩子结婚太早。这位父亲五年如一日，一有机会就向人们宣讲——为此这场求爱也被拖延五年之久——讲那庄严神圣的时刻，应当推迟到女孩子度过她的第二十五岁之后。我们大家都开始担心，一场求婚，虽然迄今热情不减，但也许最终会时日推延，激情冷却，让爱在前景未卜的摸索中渐离渐远。然而所幸他的太太根本不赞成这些紧张过分的理念，她加入丈夫的朋友的行列，严肃认真地劝其改变观念，朋友们面对老先生越来越弱的身体状况，不能承诺大家伙儿可以常年做伴，与他享受生活，我们殷切期望他在有生之年把一些问题处理妥当，有所交代。太太甜言蜜语哄他，朋友苦口婆心劝他，最终说服了他，上星期一，我的老友，某某海军上将，女儿十九岁，到了女人成年的年龄，由长她几岁的表哥J君，兴高采烈地执手引进教堂。

我的老友的荒谬理念致使相爱的人丧失时间，很是可憎可恨，但我的年轻的女性读者，在表达她们的愤慨之前，须认真思量一番为人父者，当要与他喜爱的孩子别离时，感受到的难割难舍，那是天性使然。我相信大多数情况下，这种踌躇不决，可以追溯到父女之间关于这个问题存在的分歧，不管人们会伪装出什么样的兴趣，或什么样的审慎，来掩盖这个分歧。父亲们的铁石心肠是传奇文学作家们的理想题材，无可置疑是动人心弦的话题，然而且不要说别的什么，这备受宠爱的孩子，有时候是急急匆匆被剥离自己的父系家庭，嫁接新枝，把自己交托给一个陌生的寄主，这难道没有什么狠心之处？当这位女儿像眼前这个例子一样，恰好是这一家唯一的一个孩子，不忍分离的情绪更会加剧。这些问题我没有出自亲身体验的理解，但我可以做个八九不离十的猜测，每当这样的时刻，父亲的自豪感会受到伤刺。我相信大多数情况下，热恋中的人最可怕的对手莫过于父亲，这算不得什么新论。在不平衡的主体之间，固然存在忌妒之心，它跟更严格意义上人们常称之为情绪激烈的心境同样催人伤感。母亲们的顾虑比较容易消除，鉴于这个原因，我以为，庇护父亲比庇护丈夫更能意味着权威的贬损和丢失。此外，母亲们常有充满焦虑的预想，反映单身生活的各种烦忧（在父亲一方是不可能构想到类似的程度的），而拒绝一宗算不上很坏的婚配，很可能给她们的孩子带来预想中的结局。在这个议题上，母亲的本能比父亲冷冰冰的理性分析是更可靠的引导。丈夫不管怎么说赞同，所持的态度总是相对冷漠，而有些妻子则使用不尽恰当的手段，来推进她们的女儿的婚姻进程，这要归咎于母亲的这种本能，也是使用不恰当手段的唯一借口。头脑发热，做事有失检点，也情有可原。作出这个解释，则鲁莽唐突嬗变成了荣耀，母亲的过当行为赢得了德行高尚的美名。但是且看，牧师仍在场，而我却承担起了他的布道职责，新娘子还在跨进教堂的门槛，我就祈祷上了，岂不好笑。

我的任何一位女性读者，切莫设想我刚才游离婚礼，那段哲理思索是在含沙射影，意在影射这里的这位年轻女士，很清楚这位女士将大胆面对生存状态的变化，她已到了能够应对生活的成熟年龄，并且是征得了方方面面的最完全的赞同的。我只是反对仓促草率的婚姻。

按照规矩，婚礼必须及早走完它的程式，以便给随后举行的小规模的早餐留下时间，这是一个聚会，挑选并邀请朋友们参加。我们略早于钟敲八响来到教堂。

这天早上，女傧相们的衣着最合身份，最优雅不过了——三位楚楚动人的福莱斯特家的小姐。为了让新娘独领风骚，光彩照人，她们仨从头到脚，纯绿色装束。我拙于描述女人的服饰，但当新娘身着白色礼服，纯洁如朝圣贡礼，端站在圣坛上，率真坦诚，一如她纯洁的心地的时候，傧相们穿礼服作陪，样子可能会变成戴安娜的宁芙——事实上是福莱斯特家人——看样子还没有下定决心，延伸冷冰冰的处子的现状。据我所知天降不幸于这几位少女，她们失去了母亲，由于父亲的缘故，她们单身不嫁，与她们依然健在的父亲相依为命，非常幸福，致使她们的恋人见此情景（十分不利于实现他们的愿望）而心乱如麻，因为这安逸的家居生活，绵绵相续，令人向往。勇敢的姑娘们！每位都当之无愧是依菲琴尼亚式的受害人。

我不知道，我在这多庄严隆重的场合露面会接受什么差遣。在最让人心存敬意的时刻，我做不到逃避一个临时做出的、让人措手不及的安排。我生来就不是在人面前抛头露面的料，典礼仪式与我握手道别时日已久了，但我抵制不住年轻女士的父亲的请求，要我在这个场合充当爸爸，把新娘交给新郎，因为他自己不幸身患痛风，被禁在家里。在这个一切时刻中最严肃的时刻，我竟产生了一种荒唐的念头——我感到即便是在想象当中，我也不是合适的人选，亲手交出我身边的这个年轻漂亮的姑娘。我担心我的微薄浅陋会在这时候露馅，因为牧师那令人生畏的眼睛——还有圣米尔德里德教区长臃肿的小眼睛里，斥责的神情再明确不过——这一切即刻向我压来，让我起初的对这类人戏谑嘲弄的感受变得酸楚，成了葬礼上悲惨的严肃。

这是在这个庄严的时刻我可以为之辩解的唯一的失礼行

为，如果T家族漂亮的小姐中的一位在典礼之后冲我发起的攻击不算过失的话。这位小姐幸灾乐祸地说，在我之前，她从未见过一位绅士身着黑装，把新娘交到新郎手里。迄今黑色是我的衣服的惯常颜色。事实上，我把黑装看作是适于作家穿着的服饰——处境使然——穿浅色服装出场会让我显得滑稽可笑，穿与氛围不相协调的服装会招致指责，两相比较，前者的后果更严重。然而我觉察得到，如果我穿其他颜色而不是黑色服装出场，新娘的母亲和在场的其他年长的夫人太太们（上帝赐福她们）是会非常满意的。但幸好我找到了一个辩词掩饰过了这个兆头，我是从《五卷书》或某位印度作家那里想起来的，说是所有的鸟类应邀参加朱顶雀的婚礼，婚礼上，其他所有的鸟类都身披它们最华丽的羽毛赶来，唯独乌鸦，就它的外衣向大伙致歉，因为"它另无外衣"。这让那些长者们勉强宽恕，但对年轻人来说，一切都是纵情狂欢，握手祝贺，亲吻新娘的泪花，接受新娘的亲吻，直到一位在这些琐碎细节上有些经验的年轻妇女帮助新娘脱离困境，这位年轻妇人束扎上结婚绶带的时间比她这位新娘朋友约长出四五个星期，她用眼睛的一角瞅着新郎，狡黠地示意，到了这个地步，新娘应该"一个不剩"，吻遍来人。

海军上将，我的朋友，这时候假发靓丽，衣扣整齐——与他平日里不修边幅的习惯形成明显的对比，借来的头发他一次也没有向上撑排过（这是他晨读时的习惯），不至于把假发覆盖下的他自己的几缕花白散乱的头发给露出来。他的表情心满意足又若有所思。让我心焦的那个时刻最终到了，拖拖拉拉三个小时的早餐之后——如果大量冷食物，像鸡肉、口条、火腿、凉拌菜、干果、酒水、果汁等可以这样降低名分，被称作早餐的话——这时才有人嚷嚷马车来了，风俗里有明确的规矩，马车是来拉新郎新娘去乡村度过一个季度，根据这个安排，我们祝福他们旅程顺利，而后又回到再次齐聚的客人中间。

> 因为当风度优雅的演员离开舞台，
>
> 人们的眼睛，
>
> 悠然闲移，定转向下一个登场的角色，

我们的眼睛就是这样悠然闲移，当早晨的庆典的主要表演者离场之后，我们的目光定然转向我们彼此。没有人讲故事，没有人酌杯品茶，可怜的海军上将做了一番努力——收效甚微，我早料到有这一幕。甚至连他太太一本正经的面相和宁静安详的举止中，透露出来的丰裕的满足感，也开始衰退成疑虑的神色，没人知道是该告辞还是该留下。此时我们聚在一起看来有点儿傻。逗留还是离开，在这关键的时刻，我应当启用我的拙劣的才气，如果早半天这么干，这会让我陷入有失风度的境地，我是指在紧急情况下，思索并找到泄口，释放所有离奇古怪、荒谬绝伦的行为的一种能力。在这尴尬的两难之境，我发现这种能力至高无上，我连珠炮似的讲出我的荒诞故事，最受欢迎。所有的人顾不得什么因果逻辑。早晨的热闹之后留下真空，让人觉得分外压抑难耐，大家都愿意得到放松。通过这种方式，我有幸让大部分客人待下来，一齐聚到很晚的时候；一局惠斯特牌比赛（将军最喜欢的游戏），他巧运连连，碰上了罕见的手气，也发挥了高超的牌艺——延续到了午夜——最后让老先生以比较轻松自如的神态上床就寝。

打那以后，我在各种不同的时间登门拜会老友，我不知道，有什么别的访幽览胜之地可以让每一位客人完全得到如归之感，没有什么别的地方如此离奇，谐和竟是混乱的结果。人人相互误解，但收效要比统一号令完美得多。前后茅盾的指令，仆从们朝一个方向行动，男主人女主人朝另一个方向奔波，两者又都目标不一；来访者在角落里乱作一团，椅子不对称，蜡烛随意放，在不该用餐的时间用餐，茶憩和晚餐同时进行，甚至前者和后者顺序颠倒；主人和客人在探讨着什么，但各自谈论不同的话题，各自只理解自己，双方都不想弄懂或是倾听对方，草案和政治学、弈棋和政治经济、纸牌和关于海洋问题的对话，一并用上，不希望，或者实际上不妄想要区分它们，汇合在这里成为你能遇见的最和谐的话语。然而不知什么原因，老屋不是它应有的样子，将军仍旧喜欢他的烟斗，但烟斗不再由艾米莉小姐为他填满，器皿还摆放在原来的地方，但没有了她，她的轻柔纤细的风格，有时候能让冲突的元素顷刻间化为祥和。正如漫威表述的那样，将军学会了"化天命为选择"。他勇敢地支撑着生活，但不像以前那样能表现出灵光闪烁、狂放独厚的天资，吟唱海歌的时机减少了。他的太太看起来也像是需要一个年轻人供她厉声斥责，批评指正。我们大家都希望有个年轻人在场。年轻的姑娘让娘家的屋顶充满活力，景象常青，这是多么神奇。只要她没有被完全彻底逐出家门，老年人、青年人都对她关爱无限。这所房子里的青春活力逝者如斯。艾米莉结婚了。

译者后记

四川文艺出版社的贺树打电话约我翻译《伊利亚随笔》，我此前同他们合作过，译的是美国诗人沃尔特·惠特曼的《草叶集》，这次要求译散文，我琢磨译散文比译诗歌总该容易一点，或者充其量难度相当，所以就非常愉快地答应了下来。况且，作为喜好翻译的初出道者，我也窃喜又一次得到锻炼的机会。然而当我拿到原文（Charles Lamb, *The Essays of Elia*, London, MacMillan and Co., Limited; New York, the MacMillan Company, 1899），当初"非常愉快地答应"似乎应该改变成"自不量力地答应"才对。每一篇文章，三四千字、七八千字篇幅不等，内容涉及人生与社会的各个方面：作者或写他青少年时代的往事，或写他的亲人朋友，或写他做小职员的辛苦生涯，或写他忙中偷闲的小小乐趣，或漫谈他读过的书、念过的诗、看过的戏、认识的演员，或写伦敦的街景市情，还写乞丐、扫烟囱的穷孩子，写书呆子、单身汉和酒鬼，等等。其笔法是叙事、抒情、议论互相穿插，使用的语言是白话之中夹点文言，情调是亦庄亦谐、寓庄于谐，在谐谑之中暗含着个人的辛酸。作者引经据典，诗歌散文戏剧、神话典故民谣，信手拈来，随意用去，又妥帖无比，天衣无缝。翻译这样的作品单凭"非常愉快""喜好翻译"之类的心绪是远远不够的。

《伊利亚随笔》荟萃了英国著名作家查尔斯·兰姆（Charles Lamb，1775—1834）最出色的随笔作品，堪称19世纪英国文学的瑰宝。在这些随笔中，兰姆以"伊利亚"为笔名，从日常作息、家长里短切入，将平生感念娓娓道来；随笔主题既与兰姆本人的独特经历水乳交融，又浸淫于广阔深挚的人道主义氛围；文风含蓄迂回之余，亦不失情真意切，纤毫毕现地展示了英式随笔的至高境界。

兰姆出身低微，父母长期受雇于伦敦一律师。所幸兰姆父母见重于主人，因此他幼时分享到许多贵族的利益，并极大地得益于主人家丰富的藏书，自幼即有文学之志，至死不倦。兰姆七岁进基督慈幼学院，接受古典教育，他的学业一直名列前茅，但十四岁毕业时却因口吃未能如愿被保送入剑桥，成为他的终生遗憾。于是，兰姆以十五岁之稚龄进入社会谋生，先在南海公司做出纳，后入东印度公司做会计，终其一生，在漫长繁重单调乏味的会计生涯中度过，直到退休，前后达三十六年之久。兰姆小时候常到外祖母为人管家的乡下田庄去住，认识了一个名叫安妮·西蒙斯的小姑娘，青梅竹马，产生了感情。但在他二十岁时，安妮却与一个当铺老板结婚。感情深挚的兰姆在失恋的打击下，一度精神失常，在疯人院住了六个星期才得复原。次年，他家里发生一件大祸：他的姐姐玛利因日夜赶做针线活贴补家用，过度劳累引发了疯病，竟拿小刀刺死了自己的母亲。这件事决定了兰姆一辈子的生活道路：为了赡养老父亲、看护时有反复的姐姐，他把沉重的家庭负担完全挑在自己身上；为了不使玛利流落到疯人院，他决定终身不娶，与姐姐相依为命，过着清寒寂寞的生活。

命运的不公狠狠地在兰姆身上上演。有人得闲饮茶，他却穷卖苦力，然而他无一句抱怨，文章中满是风雅幽默、调侃玩笑和悠然自得，时时散发着失意者的巨大光芒。他的文章写得文白交错、迂回曲折而又跌宕多姿、妙趣横生——这是由他那不幸遭遇所形成的性格以及他博览群书所养成的"杂学"所决定的。他的风格像是突破了重重障碍，从大石下弯弯曲曲发芽生长，终于开放的一朵奇花。他的随笔写作，是把个人的不幸升华为美妙的散文作品。他常常板着面孔说笑话。两集《伊利亚随笔》中贯串着一种别人无从模仿的幽默感。在兰姆笔底，幽默虽与讽刺极近，却不以讽刺为目的。讽刺每趋于酸腐，去其酸辣而达到冲淡心境，便成幽默。因而兰姆的幽默，先有深远的心境，满带同情包容和善良的念头，然后文章火气不盛，使读者得淡然之味。兰姆是一位冷静超远的旁观者，常于笑中带泪，泪中带笑。其文清淡自然，不似滑稽之炫奇斗胜，亦不似讽刺之机警巧辩，在婉约、豪放之间得其自然，不加矫饰，使读者于一段之中，指不出哪一句引人发笑，只是读下去心灵启悟、胸怀舒适而已。其缘由盖因兰姆能看穿世事，内心有所喜悦，用轻快笔调写出，无所挂碍，不作滥调，不忸怩做学究丑态，不求达官显贵之喜誉，不博凡夫俗子之欢心，自然幽默。兰姆的幽默是对这个如此不爱他的世界投入的无比关怀和友善。他和蔼地对待每一个人，尽全力让身边的人过得开心和舒适。

相对于嘲笑他人，兰姆更善自嘲，一场大病尚未痊愈之时，他得出的结论竟然是："生病意味着享有君王式的专权。

别人服侍他脚步轻盈，手法温柔，几乎仅用眼睛——待他略有好转，则同是那些仆从，他们的姿态漫不经心，出入不合章法（把门甩出响声或干脆让它们敞开着），前后两者作比——你会承认，把你从病床（让我说，我宁愿称之为王位）移到康复期的扶手圈椅，等于从至尊至贵跌落到罢黜爵位。"（《大病初愈》）这种幽默乃是一颗善良的心所发出的含泪微笑。

日常生活中有多少人，因为执着于外在的世界，反而丢掉了自己，在兰姆的笔下，他是一个疏离于世界的人。正是这种距离，带给他一种别样的视角，使其得以静观人生，从而得出不少有趣且有益的结论。他谈卖弄："但实际上一个人知识非常贫乏也可以应付自如，且很少露馅儿，人群混杂在一起，每个人都在随时预备着卖弄自己的见解，而不是绞尽脑汁，显摆你的知识获得量。"（《教书先生今昔》）读这样的句子，当我们透过兰姆的笔触，得以洞见生活中的荒谬与明亮时，不由得为其智慧而心动。写到扫烟囱的孩子，他不似威廉·布莱克那样锋芒毕露，而是淡然闲适的一句："他们穿起他们的黑袍，不事矫饰遮掩，在十二月清晨刺骨的寒风里，从他们的小小的布道台上（烟囱的顶端）向人们宣讲关于善待人类的功课。"（《扫烟囱的孩子赞》）兰姆的幽默真正达到了念头善良、心境深远之韵味。我们再看他对部分已婚男女的"抱怨"："但我要抗议的是他们把这种偏爱表现得无遮无拦，竟当着我们单身人士的面得意扬扬、粗鲁无礼、把偏爱显摆。他们利用某些间接暗示或公然表白，使你凡是与他们在一起时，无时无刻不觉得你不属于这种偏爱的对象。"（《光棍汉抗议已婚人的所作所为》）幽默中不乏睿智，亦有苦涩味。

当然，《伊利亚随笔》也并非全然一派调侃玩笑，最最动人的一篇《梦里子女，奇想一段》写的是伊利亚给他的一双可爱的小儿女讲他们的曾外祖母菲尔德以及他们的约翰伯伯的故事，然后又讲到了他们的妈妈爱丽斯·温小姐。这个时候，大约伊利亚半梦半醒中意识到自己并未娶到年轻时的恋人爱丽斯·温小姐，因而："两个孩子在我的视线中渐变渐弱，渐行渐远，渐退渐模糊，直到最后只能看见，在迢迢茫茫的远处，有两尊凄凄切切的影子的轮廓，不言不语，却离奇地给我印上这些话的效果：'我们不是爱丽斯的孩子，也不是你的孩子，我们根本就不是孩子，爱丽斯的孩子称巴特姆为爸爸，我们不是孩子，我们什么也不是，我们只是梦幻，我们只仿佛是冥冥之中的存在，必须在忘川之畔，静静等待数百万年之后，才可能成为生命，拥有名姓。'"然后，伊利亚从梦中醒来，发现刚才那一双依偎着他的儿女只是一个梦，真正陪伴着他的，是一直相依为命的堂姐布里奇特。读到这里，突然觉得《光棍汉抗议已婚人的所作所为》一篇里伊利亚"强词夺理"之余，是苍凉无力，突然明白了什么叫作带泪的笑，什么是荆棘上的歌。

　　从文学史的角度讲，兰姆的随笔属于英国浪漫派文学运动的一个分支。从思想上摆脱理性主义的约束，追求个性和感情的解放；从创作方法上摆脱古典主义的限制，追求"我手写我心"——在这些根本方面，兰姆和其他英国浪漫派作家并无二致。但不同之处在于：当其他浪漫派作家（如华兹华斯）讴歌乡村、大自然、崇高理想、热烈的爱情时，兰姆在自己的随笔里却以城市生活为自己的描写对象，喧闹繁华的伦敦几乎是他全部灵感的源泉；他从城市的芸芸众生中寻找诗意，赋予日常生活中的平凡小事以一种浪漫的异彩。日常琐事亲友故人这些本身并不会有多大的文学价值，兰姆的妙处在于，无论写什么谈什么都能道人之未道，见人之未见。新颖独创是他作品的灵魂。只有具有广博无边的同情心的人，才会深入到生活之中，用宽广通达的眼光咀嚼一切。兰姆是有同情心的，这种同情不是仅仅停留在容忍的层面上，而是会体贴别人的苦衷，设身处地地为值得同情的人思考。他的文章里曾写过：他的一次摔跤，引得一个贫穷失落的孩子发笑，他觉得能让孩子笑，自己多摔几次都无所谓。用这样的眼光观察世态，一切都那么可爱了，生活也充满了趣味。无论生活怎样打压兰姆，命运怎样捉弄兰姆，心情多么烦恼，他总能够从不拘什么题目，随便的一些东西中，见出新的意蕴和趣味；不管多么乏味的事，他总会说得津津有味，让你入迷。他的这种普遍的同情心使他相信，真正的浪漫情调不一定体现在回肠荡气或摄人心魄的事件上，俗人俗事里布满了数不尽的可咏可叹的悲欢情感。

兰姆文章的长处还更多地表现在他的文笔上。对兰姆来说，文字的表达方式往往比它表达的内容更为重要，文字之美几乎便是一切，风格文体之重经常压倒一切。因此，兰姆首先是一位风格家，他总是能以最有效的方式来为其写作服务，写作手法多样。句式上参差变化，具有意想不到的繁复性。用词上，辞彩之美令人叫绝，同时好用双关语、引语、典故。还有文章中表现出的稚气童趣、诙谐风趣、闲适从容、典雅古僻等。从他的随笔作品中，我们既可以看到幽默、睿智，亦可看到矜持与古板。上文言及，兰姆的随笔不以描写乡村、大自然为主、为多，然而如果要他再现田园生活的记忆，则其准确精到、饱含感情的记述犹如出自华兹华斯之手："昔日我常在那间屋里暖热的临窗处落座，捧读考利的著作，我前面草坪平铺，一只孤独的黄蜂，嗡嗡嗡震颤着翅膀光顾，绕着我飞去飞来——那声音现在就响在我的耳朵里，就像夏天定遵时令回来，像房间里黄色的壁板那样实在。"（《H-郡布莱克斯隰地老屋》）再看一段《梦里子女，奇想一段》中美妙的花园景象，这里透出的是地道的华兹华斯的精熟的想象的灵秀："因为我的更大的乐趣，在于徜徉在看似凝重沉郁的紫杉树或冷杉树中间，信手采撷红浆果、冷杉果，这许多更无他用，而观赏时则美不胜收的果实——或者在于随意躺在清新的草地上，周围是花园里诸般香气缭绕。或者在于在橘子棚里晒太阳，直到我自己开始幻想，我也在那醉人的暖热之乡与橘子一道长熟，或者在于观赏花园尽头的鱼池里雅罗鱼窜来窜去，它们随处都可遇到巨型的长矛，不声不响，冷光闪闪，悬在水中央，像是在嘲讽它们不识时务的跳跃。"读这样的文字我们很难肯定地区分这里展示的是诗人的眼界还是画家的视景。

译散文难，译查尔斯·兰姆更难。1820年10月《伦敦杂志》约稿时，编辑给了他极大的自由：不拘题材和写法，不限字数。他可以"随心所欲，信马由缰"，这在客观上造就了他文章内容的丰富与多样，谈书、论画、评戏、说牌、叙旧、记梦、追忆、怀古、写病、拾逸……无所不有。兰姆往往运笔大胆，几乎趋于冒险。信手拈起的题目如《餐前祷告》《光棍汉抗议已婚人的所作所为》《扫烟囱的孩子赞》等诸如此类的话题，常人看来必定写不出什么高雅文章，然而这种不循章法的选题恰巧说明作者有点石成金的自信，作者之手有绝对的把握，用生活中最不起眼的原料创造出文学领域里的不朽之作。兰姆有时候敢于把古旧的、过时的、杜撰的、外来的词语排列起来，表面显得牵强附会，有矫揉造作、恶作剧之嫌，但仔细领悟却不乏璞然天成、不事雕琢之雅。他自己主张，作家的自然应得乎天成，让自己也觉得耳目一新，欣喜若狂，而不是做作出的自然，连自己感受起来也很不自在。

翻译之难还在于纵观兰姆一生，他嗜书如命，矢志文学。从幼年开始，16、17世纪的诸想象大家他无不涉猎。莎士比亚与弥尔顿他几乎烂熟于心，拈篇能诵，而他对博蒙特、弗莱彻、马辛杰、福特、韦伯斯特等人的熟悉程度不亚于莎士比亚与弥尔顿；略居其次，他对所谓形而上学派作家和后来风靡一时的骈俪文体派作家最是着迷；他的幽默法乎伯顿、托马斯·布朗之风，他的诗品秉承威瑟及马弗尔之质。他深潜诸家，从这些源泉中汲取营养，他的思想随之浸透其中。广博的阅读使他的作品充满了比比皆是的援引，并且使他的引语与他的行文水乳交融、浑然无界，让人读来是在感受而非辨认某个短语、某个成语，或某个翻新的表达方式回应着从前听过或读过的情景。他就这样用自己的语句让读者得以不停地回顾往日的阅读经历，温故知新，自得其乐，使他的引文变成了香料，像储存在瓷坛子里的干了的玫瑰，香气四溢，幽远绵长。

翻译理论界经历了百余年的关于翻译标准问题的讨论，但事实上一切讨论不过始终在"信""达""雅"周围游离而已。兰姆被誉为是用最优美、最纯洁、最真实的英语写作的作家，换言之，兰姆的原文是"达"与"雅"的典范，所以翻译兰姆，"信"就意味着"达""雅"，三者一体，不分彼此，这是对翻译的挑战。目前流行的翻译方法训练，以及与之相关联的翻译教材及翻译教学，都在花费大量的时间与精力，讨论词汇与句子的翻译技巧，人们津津乐道的似乎也是某位译者把某个词或句子翻译得如何巧妙。然而翻译的成品最终该以整体的形式呈现给读者，所以局部的精雕细刻固然重要，但作品作为整体给使用英汉两种语言的不同读者群的总体印象大致相当才最为重要，这也是对翻译的挑战。

读兰姆，只一遍两遍是不够的。面对这多困难，"自不量力"地拿起原文，查词典、找资料，逐字逐句、斟字酌句、推敲理解，在自以为理解基本准确之后，再找一个别人看不见、听不到的去处，用一种慢条斯理、如自言自语般的嗓音朗读几遍，幻觉间，好像兰姆在操一腔伦敦口音，深隐在牛津校园的某处树林里喃喃吟哦。而每当译完他的一篇随笔，便像攻克了一座堡垒一样，登上它的最高处，眺望四野，欣享胜利的喜悦，随后拿起自己的译文，缓缓地朗读，做一番先后对照，体味一番整体效果。我多么希望那也像兰姆在操着一腔地道的中文，向读者低诵他的随笔。可惜，那仅是美好的愿望。兰姆的一位研究者和崇拜者说，兰姆的散文"拥有能使生命有价值和使记忆甜蜜的一切"，这话颇是中肯。要赏鉴美文，要发现生活之美，要抚慰心灵的创伤，读兰姆吧！